La Femme et le Pantin

PIERRE LOUŸS

1916

TABLE DES MATIERES

PIERRE LOUŸS

DEDICACE

À André Lebey
Son ami
P. L.

Siempre me va V. diciendo
Que se muere V. por mi :
Muérase V. y lo veremos
Y despues diré que si

COMMENT UN MOT ÉCRIT SUR UNE COQUILLE D'ŒUF TINT LIEU DE DEUX BILLETS TOUR À TOUR

Le carnaval d'Espagne ne se termine pas, comme le nôtre, à huit heures du matin le mercredi des Cendres. Sur la gaieté merveilleuse de Séville, le memento quia pulvis es ne répand que pour quatre jours son odeur de sépulture ; et, le premier dimanche de carême, tout le carnaval ressuscite.

C'est le Domingo de Piñatas, le dimanche des Marmites, la Grande Fête. Toute la ville populaire a changé de costume et l'on voit courir par les rues des loques rouges, bleues, vertes, jaunes ou roses qui ont été des moustiquaires, des rideaux ou des jupons de femme et qui flottent au soleil sur les petits corps bruns d'une marmaille hurlante et multicolore. Les enfants se groupent de toutes parts en bataillons tumultueux qui brandissent une chiffe au bout d'un bâton et conquièrent à grands cris les ruelles sous l'incognito d'un loup de toile, d'où la joie des yeux s'échappe par deux trous. « ¡ Anda ! ¡ Hombre ! que no me conoce ! » crient-ils, et la foule des grandes personnes s'écarte devant cette terrible invasion masquée.

Aux fenêtres, aux miradores, se pressent d'innombrables têtes brunes. Toutes les jeunes filles de la contrée sont venues ce jour-là dans Séville, et elles penchent sous la lumière leurs têtes chargées de cheveux pesants. Les papelillos tombent comme la neige. L'ombre des éventails teinte de bleu pâle les petites joues poudrerizées. Des cris, des appels, des rires bourdonnent ou glapissent dans les rues étroites. Quelques milliers d'habitants font, ce jour de carnaval, plus de bruit que Paris tout entier.

Or, le 23 février 1896, dimanche de Piñatas, André Stévenol voyait approcher la fin du carnaval de Séville, avec un léger sentiment de dépit, car cette semaine essentiellement amoureuse ne lui avait procuré aucune aventure nouvelle. Quelques séjours en Espagne lui avaient appris cependant avec quelle promptitude et quelle franchise de cœur les nœuds se forment et se dénouent sur cette terre encore primitive, et il s'attristait que le hasard et l'occasion lui eussent été défavorables.

Tout au plus, une jeune fille avec laquelle il avait engagé une longue bataille de serpentins entre la rue et la fenêtre, était-elle descendue en courant, après lui avoir fait signe, pour lui remettre un petit bouquet rouge, avec un « Muchísima'grasia', cavayero » jargonné à l'andalouse. Mais elle était remontée si vite, et d'ailleurs, vue de plus près, elle l'avait tellement désillusionné, qu'André s'était borné à mettre le bouquet à sa boutonnière sans mettre la femme dans sa mémoire. Et la journée lui en parut plus vide encore.

Quatre heures sonnèrent à vingt horloges. Il quitta la Sierpes, passa entre la Giralda et l'antique Alcazar, et par la calle Rodrigo il gagna les Delicias, Champs-Elysées d'arbres ombreux le long de l'immense Guadalquivir peuplé de vaisseaux.

C'était là que se déroulait le carnaval élégant.

À Séville, la classe aisée n'est pas toujours assez riche pour faire trois repas par jour ; mais elle aimerait mieux jeûner que se priver du luxe extérieur qui pour elle consiste uniquement en la possession d'un landau et de deux chevaux irréprochables. Cette petite ville de province compte quinze cents voitures de maître, de forme démodée souvent, mais rajeunies par la beauté des bêtes, et d'ailleurs occupées par des figures de si noble race, qu'on ne songe point à se moquer du cadre.

André Stévenol parvint à grand-peine à se frayer un chemin dans la foule qui bordait des deux côtés la vaste avenue poussiéreuse. Le cri des enfants vendeurs dominait tout : « ¡ Huevo'! Huevo'! » C'était la bataille des œufs.

« ¡ Huevo'¿ Quíen quiere huevo'? ¡ A do'perra'gorda'la docena ! »

Dans des corbeilles d'osier jaune, s'entassaient des centaines de coquilles d'œufs, vidées, puis remplies de papellos et recollées par une bande fragile. Cela se lançait à tour de bras, comme des balles de lycéens, au hasard des visages qui passaient dans les lentes voitures ; et, debout sur les banquettes bleues, les caballeros et les señoras ripostaient sur la foule compacte en s'abritant comme ils pouvaient sous de petits éventails plissés.

Dès le début, André fit emplir ses poches de ces projectiles inoffensifs, et se battit avec entrain.

C'était un réel combat, car les œufs, sans jamais blesser, frappaient toutefois avec force avant d'éclater en neige de couleur, et André se surprit à lancer les siens d'un bras un peu plus vif qu'il n'était nécessaire. Une fois même, il brisa en deux un éventail d'écaille fragile. Mais aussi qu'il était déplacé de paraître à une telle mêlée avec un éventail de bal ! Il continua sans s'émouvoir.

Les voitures passaient, voitures de femmes, voitures d'amants, de familles, d'enfants ou d'amis. André regardait cette multitude heureuse défiler dans un bruissement de rires sous le premier soleil du printemps. À plusieurs reprises il avait arrêté ses yeux sur d'autres yeux, admirables. Les jeunes filles de Séville ne baissent pas les paupières et elles acceptent l'hommage des regards qu'elles retiennent longtemps.

Comme le jeu durait déjà depuis une heure, André pensa qu'il pouvait se retirer, et d'une main hésitante il tournait dans sa poche le dernier œuf qui lui restât, quand il vit reparaître soudain la jeune Fernande dont il avait brisé l'éventail.

Elle était merveilleuse.

Privée de l'abri qui avait quelque temps protégé son délicat visage rieur, livrée de toutes parts aux attaques qui lui venaient de la foule et des voitures voisines, elle avait pris son parti de la lutte, et, debout, haletante, décoiffée, rouge de chaleur et de gaieté franche, elle ripostait !

Elle paraissait vingt-deux ans. Elle devait en avoir dix-huit. Qu'elle fût andalouse, cela n'était pas douteux. Elle avait ce type admirable entre tous, qui est né du mélange des Arabes avec les Vandales, des Sémites avec les Germains et qui rassemble exceptionnellement dans une petite vallée d'Europe toutes les perfections opposées des deux races.

Son corps souple et long était expressif tout entier. On sentait que même en lui voilant le visage on pouvait deviner sa pensée et qu'elle souriait avec les jambes comme elle parlait avec le torse. Seules les femmes que les longs hivers du Nord n'immobilisent pas près du feu, ont cette grâce et cette liberté.

Ses cheveux n'étaient que châtain foncé, mais à distance, ils brillaient presque noirs en recouvrant la nuque de leur conque épaisse. Ses joues, d'une extrême douceur de contour, semblaient poudrées de cette fleur délicate qui embrume la peau des créoles. Le mince bord de ses paupières était naturellement sombre.

André, poussé par la foule jusqu'au marchepied de sa voiture, la considéra longuement. Il sourit, en se sentant ému, et de rapides battements de cœur lui apprirent que cette femme était de celles qui joueraient un rôle dans sa vie.

Sans perdre de temps, car à tout moment le flot des voitures un instant arrêtées pouvait repartir, il recula comme il put. Il prit dans sa poche le dernier de ses œufs, écrivit au crayon sur la coquille blanche les six lettres du mot Quiero, et choisissant un instant où les yeux de l'inconnue s'attachèrent aux siens, il lui jeta l'œuf doucement, de bas en haut, comme une rose.

La jeune femme le reçut dans sa main.

Quiero est un verbe étonnant qui veut tout dire. C'est vouloir, désirer, aimer, c est quérir et c'est chérir. Tour à tour et selon le ton qu'on lui donne, il exprime la passion la plus impérative ou le caprice le plus léger. C'est un ordre ou une prière, une déclaration ou une condescendance.

Parfois, ce n'est qu'une ironie.

Le regard par lequel André l'accompagna signifiait simplement : «J'aimerais vous aimer.»

Comme si elle eût deviné que cette coquille portait un message, la jeune femme la glissa dans un petit sac de peau qui pendait à l'avant de sa voiture. Sans doute elle allait se retourner ; mais le courant du défilé l'emporta rapidement vers la droite, et, d'autres voitures survenant, André la perdit de vue avant d'avoir pu réussir à fendre la foule à sa suite.

Il s'écarta du trottoir, se dégagea comme il put, courut dans une contre-allée… mais la multitude qui couvrait l'avenue ne lui permit pas d'agir assez vite, et quand il parvint à monter sur un banc d'où il domina la bataille, la jeune tête qu'il cherchait avait disparu.

Attristé, il revint lentement par les rues ; pour lui, tout le carnaval se recouvrit soudain d'une ombre. Il s'en voulait à lui-même de la fatalité maussade qui venait de trancher son aventure. Peut-être, s'il eût été plus déterminé, eût-il pu trouver une voie entre les roues et le premier rang de la foule… Et maintenant, où retrouver cette femme ? Était-il sûr qu'elle habitât Séville ? Si par malheur il n'en était rien, où la chercher, dans Cordoue, dans Jérez ou dans Malaga ? C'était l'impossible.

Et peu à peu, par une illusion déplorable, l'image devint plus charmante en lui. Certains détails des traits n'eussent mérité qu'une attention curieuse : ils devinrent dans sa mémoire les motifs principaux de sa tendresse navrée. Il avait remarqué, ainsi, qu'au lieu de laisser pendre toutes lisses les deux mèches des petits cheveux sur les tempes, elle les gonflait au fer en deux coques arrondies. Ce n'était pas une mode très originale, et bien des Sévillanes prenaient le même soin ; mais sans doute la nature de leurs cheveux ne se prêtait pas aussi bien à la perfection de ces boucles en boule, car André ne se souvenait pas d'en avoir vu qui, même de loin, pussent se comparer à celles-là.

En outre, les coins des lèvres étaient d'une mobilité extrême. Ils changeaient à chaque instant et de forme et d'expression, tantôt presque invisibles et tantôt presque retroussés, ronds ou minces, pâles ou sombres, animés d'une flamme variable. Oh ! on pouvait blâmer tout le reste, soutenir que le nez n'était pas grec et que le menton n'était pas romain ; mais ne pas rougir de plaisir devant ces deux petits coins de bouche, cela eût passé la permission.

Il en était là de ses pensées quand un « ¡ Cuidao ! » crié d'une voix rude le fit se garer dans une porte ouverte : une voiture passait au petit trot dans la rue étroite.

Et dans cette voiture, il y avait une jeune femme, qui, en apercevant André, lui jeta très doucement, comme on jette une rose, un œuf qu'elle tenait à la main.

Fort heureusement, l'œuf tomba en roulant et ne se brisa point ; car André, complètement stupéfait de cette nouvelle rencontre, n'avait pas fait un geste pour le prendre au vol. La voiture avait déjà tourné le coin de la rue, quand il se baissa pour ramasser l'envoi.

Le mot Quiero se lisait toujours sur la coquille lisse et ronde, et on n'en avait pas écrit d'autre ; mais un paraphe très décidé, qui semblait gravé par la pointe d'une broche, terminait la dernière lettre comme pour répondre par le même mot.

OÙ LE LECTEUR APPREND LES DIMINUTIFS DE CONCEPCION, PRÉNOM ESPAGNOL

Cependant, la voiture avait tourné le coin de la rue et l'on n'entendait plus que faiblement le pas des chevaux sonner sur les dalles dans la direction de la Giralda.

André courut à sa poursuite, anxieux de ne pas laisser échapper cette seconde occasion qui pouvait être la dernière ; il arriva juste au moment où les chevaux entraient au pas dans l'ombre d'une maison rose de la plaza del Triunfo.

Les grandes grilles noires s'ouvrirent et se refermèrent, sur une rapide silhouette féminine.

Sans doute il eût été plus avisé de préparer ses voies, de prendre des renseignements, de demander le nom, la famille, la situation et le genre de vie avant de se lancer ainsi, tête basse, dans l'inconnu d'une intrigue, où, puisqu'il ne savait rien, il n'était le maître de rien. André, cependant, ne put se résoudre à quitter la place avant d'avoir fait un premier effort, et dès qu'il eut vérifié d'une main rapide la correction de sa coiffure et la hauteur de sa cravate, il sonna délibérément.

Un jeune maître d'hôtel se présenta derrière la grille, mais n'ouvrit pas.

« Que demande Votre Grâce ?

- Faites passer ma carte à la señora.

- À quelle señora ? continua le domestique d'une voix tranquille où le soupçon n'altérait pas trop le respect.

- À celle qui habite cette maison, je pense.

- Mais son nom ? »

André, impatienté, ne répondit pas. Le domestique reprit :

« Que Votre Grâce me fasse la faveur de me dire auprès de quelle señora je dois l'introduire.

- Je vous répète que votre maîtresse m'attend. »

Le maître d'hôtel, s'inclinant, releva légèrement les mains en signe d'impossibilité : puis il se retira sans ouvrir et sans même avoir pris la carte.

Alors André, que la colère rendit tout à fait discourtois, sonna une seconde et une troisième fois comme à la porte d'un fournisseur. « Une femme si prompte à répondre à une déclaration de ce genre, se dit-il, ne doit pas s'étonner de l'insistance qu'on met à pénétrer chez elle ; elle était seule aux Delicias, elle doit vivre seule ici, et le bruit que je fais n'est entendu que par elle. » Il ne songea pas que le carnaval espagnol autorise des libertés passagères qui ne sauraient se prolonger dans la vie normale avec les mêmes chances d'accueil.

La porte resta close et la maison pleine de silence comme si elle eût été déserte.

Que faire ? Il se promena quelque temps sur la place, devant les fenêtres et les miradores où il espérait toujours voir apparaître le visage attendu, et, peut-être même, un signe… Mais rien ne parut ; il se résigna au retour.

Toutefois, avant de quitter une porte qui se fermait sur tant de mystères, il avisa non loin de là un marchand de cerrillas assis dans un coin d'ombre, et lui demanda :

« Qui habite cette maison ?

- Je ne sais pas », répondit l'homme.

André lui mit dix réaux dans la main et ajouta :

« Dis-le-moi tout de même.

- Je ne devrais pas le dire. La señora se fournit chez moi et si elle savait que je parle sur elle, demain ses mozos s'adresseraient ailleurs, chez le Fulano, par exemple, qui vend ses boîtes à moitié vides. Au moins je n'en dirai pas de mal, je ne médirai pas, cabayero ! Rien que son nom, puisque vous voulez le savoir. C'est la señora doña Concepcion Perez, femme de don Manuel Garcia.

- Son mari n'habite donc pas Séville ?

- Son mari est en Bolibie.

- Où cela ?

- En Bolibie, un pays d'Amérique. »

Sans en entendre davantage, André jeta une nouvelle pièce sur les genoux du vendeur, et rentra dans la foule pour gagner son hôtel.

Il restait en somme indécis. Même en apprenant l'absence du mari, il n'avait pas trouvé que toutes les chances se penchassent de son côté. Ce marchand réservé qui semblait en savoir plus qu'il n'en voulait dire, laissait croire à l'existence d'un autre amant déjà choisi, et l'attitude du domestique n'était pas faite pour démentir ce soupçon d'arrière-pensée… André songeait que quinze jours à peine s'étendaient devant lui avant la date fixée de son retour à Paris. Suffiraient-ils pour entrer en grâce auprès d'une jeune personne dont la vie sans doute était déjà prise ?

Ainsi troublé par des incertitudes, il entrait dans le patio de son hôtel, quand le portier l'arrêta :

« Une lettre pour Votre Grâce. »

L'enveloppe ne portait pas d'adresse.

« Vous êtes sûr que cette lettre est pour moi ?

- On me la remet à l'instant pour don Andrès Stévenol. »

André la décacheta sans retard.

Elle contenait ces simples lignes, écrites sur une carte bleue :

« Don Andrès Stévenol est prié de ne pas faire tant de bruit, de ne pas dire son nom et de ne plus demander le mien. S'il se promène demain, vers trois heures, sur la route d'Empalme, une voiture passera, qui s'arrêtera peut-être. »

« Comme la vie est facile ! » pensa André.

Et en montant l'escalier du premier étage, il avait déjà la vision des intimités prochaines ; il cherchait les diminutifs tendres du plus charmant de tous les prénoms :

« Conception, Concha, Conchita, Chita. »

COMMENT, ET POUR QUELLES RAISONS, ANDRÉ NE SE RENDIT PAS AU RENDEZ-VOUS DE CONCHA PEREZ

Le lendemain matin, André Stévenol eut un réveil rayonnant. La lumière entrait largement par les quatre fenêtres du mirador ; et toutes les rumeurs de la ville, pas de chevaux, cris de vendeurs, sonnettes de mules ou cloches de couvents, mêlaient sur la place blanche leur bruissement de vie.

Il ne se souvenait pas d'avoir eu depuis longtemps une matinée aussi heureuse. Il étira ses bras, qui se tendirent avec force. Puis il les serra contre sa poitrine, comme s'il voulait se donner l'illusion de l'étreinte attendue.

« Comme la vie est facile ! répéta-t-il en souriant. Hier, à cette heure-ci j'étais seul, sans but, sans pensée. Il a suffi d'une promenade, et ce matin me voici deux. Qui donc nous fait croire aux refus, aux dédains ou même à l'attente ? Nous demandons et les femmes se donnent. Pourquoi en serait-il autrement ? »

Il se leva. mit un punghee, chaussa des mules et sonna pour qu'on fît préparer son bain. En attendant, le front collé aux vitres, il regarda la place pleine de jour.

Les maisons étaient peintes de ces couleurs légères que Séville répand sur ses murs et qui ressemblent à des robes de femme. Il y en avait de couleur crème avec des corniches toutes blanches, d'autres qui étaient roses, mais d'un rose si fragile ! d'autres vert-d'eau ou orangées, et d'autres violet pâle. - Nulle part les yeux n'étaient choqués par l'affreux brun des rues de Cadiz ou de Madrid ; nulle part, ils n'étaient éblouis par le blanc trop cru de Jérez.

Sur la place même, des orangers étaient chargés de fruits, des fontaines coulaient, des jeunes filles riaient en tenant des deux mains les bords de leur châle comme les femmes arabes ferment leur haïck. Et de toutes parts, des coins de la place, du milieu de la chaussée, du fond des ruelles étroites, les sonnettes des mules tintaient.

André n'imaginait pas qu'on pût vivre ailleurs qu'à Séville.

Après avoir achevé sa toilette et bu lentement une petite tasse d'épais chocolat espagnol, il sortit au hasard.

Le hasard, qui fut singulier, lui fit suivre le plus court chemin, des marches de son hôtel à la plaza del Triunfo ; mais, arrivé là, André se souvint des précautions qu'on lui conseillait, et, soit qu'il craignît de mécontenter sa « maîtresse » en passant trop directement devant sa porte, soit au contraire qu'il ne voulût point paraître à ce point tourmenté du désir de la voir plus tôt, il suivit le trottoir opposé sans même tourner la tête à gauche.

De là, il se rendit à Las Delicias.

La bataille de la veille avait jonché la terre de papiers et de coquilles d'œufs qui donnaient au parc splendide une vague apparence d'arrière-cuisine. À de certains endroits, le sol avait disparu sous des dunes croulantes et bariolées. D'ailleurs, le lieu était désert, car le carême recommençait.

Pourtant, par une allée qui venait de la campagne, André vit venir à lui un passant qu'il reconnut.

« Bonjour, don Mateo, dit-il en lui tendant la main. Je n'espérais pas vous rencontrer si tôt.

- Que faire, Monsieur, quand on est seul, inutile, et désœuvré ? Je me promène le matin, je me promène le soir. Le jour, je lis ou je vais jouer. C'est l'existence que me suis faite. Elle est sombre.

- Mais vous avez des nuits qui consolent des jours, si j'en crois les murmures de la ville.

- Si on le dit encore, on se trompe. D'aujourd'hui au jour de sa mort, on ne verra plus une femme chez don Mateo Diaz. Mais ne parlons plus de moi. Pour combien de temps êtes-vous encore ici ? »

Don Mateo Diaz était un Espagnol d'une quarantaine d'années, à qui André avait été recommandé pendant son premier séjour en Espagne. Son geste et sa phrase étaient naturellement déclamatoires. Comme beaucoup de ses compatriotes, il accordait une importance extrême aux observations qui n'en comportaient point ; mais cela n'impliquait de sa part ni vanité, ni sottise. L'emphase espagnole se porte comme la cape, avec de grands plis élégants. Homme instruit, que sa trop grande fortune avait seule empêché de mener une existence active, don Mateo était surtout connu par l'histoire de sa chambre à coucher, qui passait pour hospitalière. Aussi André fut-il étonné d'apprendre qu'il avait renoncé si tôt aux pompes de tous les démons ; mais le jeune homme s'abstint de poursuivre ses questions.

Ils se promenèrent quelque temps au bord du fleuve, que don Mateo, en propriétaire riverain, et aussi en patriote, ne se lassait pas d'admirer.

« Vous connaissez, disait-il, cette plaisanterie d'un ambassadeur étranger qui préférait le Manzanarès à toutes les autres rivières, parce qu'il était navigable en voiture et à cheval. Voyez le Guadalquivir ; père des plaines et des cités ! J'ai beaucoup voyagé, depuis vingt ans, j'ai vu le Gange et le Nil et l'Atrato, des fleuves plus larges sous une plus vive lumière : je n'ai vu qu'ici cette majestueuse beauté du courant et des eaux. La couleur en est incomparable. N'est-ce pas de l'or qui s'effile aux arches du pont ? Le flot se gonfle comme une femme enceinte, et l'eau est pleine, pleine de terre. C'est la richesse de l'Andalousie que les deux quais de Séville conduisent vers les plaines. »

Puis ils parlèrent politique. Don Mateo était royaliste et s'indignait des efforts persistants de l'opposition, au moment où toutes les forces du pays eussent dû se concentrer autour de la faible et courageuse reine pour l'aider à sauver le suprême héritage d'une impérissable histoire.

« Quelle chute ! disait-il. Quelle misère ! Avoir possédé l'Europe, avoir été Charles Quint, avoir doublé le champ d'action du monde en découvrant le monde nouveau, avoir eu l'empire sur lequel le soleil ne se couchait point ; mieux encore : avoir, les premiers, vaincu votre Napoléon - et expirer sous les bâtons d'une poignée de bandits mulâtres ! Quel destin pour notre Espagne ! »

Il n'aurait pas fallu lui dire que ces bandits-là fussent les frères de Washington et de Bolivar. Pour lui, c'étaient de honteux brigands qui ne méritaient même pas le garrot.

Il se calma.

« J'aime mon pays, reprit-il. J'aime ses montagnes et ses plaines. J'aime la langue et le costume et les sentiments de son peuple. Notre race a des qualités d'une essence supérieure. À elle seule, elle est une noblesse. à l'écart de l'Europe, ignorant tout ce qui n'est pas elle, et enfermée sur ses terres comme dans une muraille de parc. C'est pour cela, sans doute, qu'elle décline au profit des nations du Nord, selon la loi contemporaine qui pousse aujourd'hui de toutes parts le médiocre à l'assaut du meilleur… Vous savez qu'en Espagne on appelle hidalgos les descendants des familles pures de tout mélange avec le sang maure. On ne veut pas admettre que, pendant sept siècles, l'Islam ait pris racine sur la terre espagnole. Pour moi, j'ai toujours pensé qu'il y avait ingratitude à renier de tels ancêtres. Nous ne devons guère qu'aux Arabes les qualités exceptionnelles qui ont dessiné dans l'histoire la grande figure de notre passé. Ils nous ont légué leur mépris de l'argent, leur mépris du mensonge, leur mépris de la mort, leur inexprimable fierté. Nous tenons d'eux notre attitude si droite en face de tout ce qui est bas, et aussi je ne sais quelle paresse devant les travaux manuels. En vérité, nous sommes leurs fils, et ce n'est pas sans raison que nous continuons encore à danser leurs danses orientales au son de leurs « féroces romances ».

Le soleil montait dans un grand ciel libre et bleu. La mâture encore brune des vieux arbres du parc laissait voir par intervalles le vert des lauriers et des palmiers souples. De soudaines bouffées de chaleur enchantaient ce matin d'hiver d'un pays où l'hiver ne se repose point.

« Vous viendrez déjeuner chez moi, j'espère ? dit don Mateo. Ma huerta est là, près de la route d'Empalme. Dans une demi-heure, nous y serons, et, si vous le permettez, je vous garderai jusqu'au soir afin de vous montrer mes haras où j'ai quelques nouvelles bêtes.

- Je serai très indiscret, s'excusa André. J'accepte le déjeuner, mais non l'excursion. Ce soir, j'ai un rendez-vous que je ne puis manquer, croyez-moi.

- Une femme ? Ne craignez rien, je ne vous poserai pas de questions. Soyez libre. Je vous sais même gré de passer avec moi le temps qui vous sépare de l'heure fixée. Quand j'avais votre âge, je ne pouvais voir personne pendant mes journées mystérieuses. Je me faisais servir mes repas dans ma chambre, et la femme que j'attendais était le premier être à qui j'eusse parlé depuis l'instant de mon réveil. »

Il se tut un instant, puis, sur un ton de conseil :

« Ah ! Monsieur ! dit-il, prenez garde aux femmes ! Je ne vous dirai pas de les fuir, car j'ai usé ma vie avec elles, et si ma vie était à refaire, les heures que j'ai passées ainsi sont parmi celles que je voudrais revivre. Mais gardez-vous, gardez- vous d'elles ! »

Et comme s'il avait trouvé une expression à sa pensée, don Mateo ajouta plus lentement :

Il est deux sortes de femmes qu'il ne faut connaître à aucun prix : d'abord celles qui ne vous aiment pas, et ensuite, celles qui vous aiment. - Entre ces deux extrémités, il y a des milliers de femmes charmantes, mais nous ne savons pas les apprécier. »

Le déjeuner eût été assez terne si l'animation de don Mateo n'eût remplacé, par un long monologue, l'entretien qui fit défaut ; car André, préoccupé de ses pensées personnelles, n'écouta qu'à demi ce qui lui fut conté. À mesure que l'instant du rendez-vous approchait, le battement de cœur qu'il avait senti naître la veille reprenait avec une insistance toujours plus pressante. C'était un appel assourdissant en lui-même, un impératif absolu qui chassait de son esprit tout ce qui n'était pas la femme espérée. Il aurait tout donné pour que la grande aiguille de la pendule Empire où il tenait ses yeux fixés fût avancée de cinquante minutes. - Mais l'heure qu'on regarde devient immobile, et le temps ne s'écoulait pas plus qu'une mare éternellement stagnante.

À la fin, contraint de demeurer et cependant incapable de se taire plus longtemps, il fit preuve d'une jeunesse peut-être un peu récente en tenant à son hôte ce discours imprévu :

« Don Mateo, vous avez toujours été pour moi un homme d'excellent conseil. Voulez-vous me permettre de vous confier un secret et de vous demander un avis ?

- Tout à votre disposition, dit à l'espagnole Mateo en se levant de table pour passer au fumoir.

- Eh bien... voici... c'est une question... balbutia André. Vraiment a tout autre qu'à vous je ne la poserais pas... Connaissez-vous une Sévillane qui s'appelle doña Concepcion Garcia ? »

Mateo bondit :

« Concepcion Garcia ! Concepcion Garcia ! Mais laquelle ? expliquez-vous ! Il y a vingt mille Concepcion Garcia en Espagne ! C'est un nom aussi commun que chez vous Jeanne Duval ou Marie Lambert. Pour l'amour de Dieu, dites-moi son nom de jeune fille. Est-ce P... Perez, dites- moi ? Est-ce Perez ? Concha Perez ? Mais parlez donc ! »

André, complètement bouleversé par cette émotion soudaine, eut un instant le pressentiment qu'il valait mieux ne pas dire la vérité ; mais il parla plus vite qu'il ne l'eût voulu, et, vivement, répondit :

« Oui. »

Alors Mateo. précisant chaque détail comme on torture une plaie, continua :

« Concepcion Perez de Garcia, 22, plaza del Triunfo, dix-huit ans, des cheveux presque noirs et une bouche... une bouche...

- Oui, dit André.

- Ah ! vous avez bien fait de me parler d'elle. Vous avez bien fait, Monsieur. Si je peux vous arrêter à la porte de celle-là, ce sera une bonne action de ma part, et un rare bonheur pour vous.

- Mais qui est-elle ?

- Comment ? Vous ne la connaissez pas ?

- Je l'ai rencontrée hier pour la première fois ; je ne l'ai même pas entendue parler.

- Alors, il est encore temps !

- C'est une fille ?

- Non, non. Elle est même, en somme, honnête femme. Elle n'a pas eu plus de quatre ou cinq amants. À l'époque où nous vivons, c'est une chasteté.

- Et...

- En outre, croyez bien qu'elle est remarquablement intelligente. Remarquablement. À la fois par son esprit. qui est des plus fins. et par sa connaissance de la vie, je la juge supérieure. Je ne lui ferai grâce d'aucun éloge. Elle danse avec une éloquence qui est irrésistible. Elle parle comme elle danse et elle chante comme elle parle. Qu'elle ait un joli visage, je suppose que vous n'en doutez pas ; et si vous voyiez ce qu'elle cache, vous diriez que même sa bouche... Mais il suffit. Ai-je tout dit ? »

André, agacé, ne répondit pas.

Don Mateo lui saisit les deux manches de son veston, et scandant par une secousse la moindre de ses paroles, il ajouta :

« Et c'est la PIRE des femmes, Monsieur, Monsieur, entendez-vous ? C'est la PIRE des femmes de la terre. Je n'ai plus qu'un espoir, qu'une consolation au cœur : c'est que le jour de sa mort, Dieu ne lui pardonnera pas. »

André se leva :

« Néanmoins, don Mateo, moi qui ne suis pas encore autorisé à parler de cette femme comme vous le faites, je n'ai aucun droit de ne pas me rendre au rendez-vous qu'elle m'a donné. Ai-je besoin de vous répéter que je vous ai fait une confidence et que je regrette d'interrompre les vôtres par un départ prématuré ? »

Et il lui tendit la main.

Mateo se plaça devant la porte :

« Écoutez-moi, je vous en conjure. Écoutez-moi. Il n'y a qu'un instant, vous me disiez encore que j'étais un homme d'excellent conseil. Je n'accepte pas ce jugement. Je n'en ai pas besoin, pour vous parler ainsi. J'oublie aussi l'affection que j'ai pour vous, et qui suffirait bien, cependant, à expliquer mon insistance…

- Mais alors ? …

- Je vous parle d'homme à homme, comme le premier venu arrêterait un passant pour l'avertir d'un danger grave et je vous crie : « N'avancez plus, retournez sur vos pas, oubliez qui vous avez vu, qui vous a parlé, qui vous a écrit ! Si vous connaissez la paix, les nuits calmes, la vie insouciante, tout ce que nous appelons le bonheur, n'approchez pas Concha Perez ! Si vous ne voulez pas que le jour où nous sommes partage votre passé d'avec votre avenir en deux moitiés de joie et d'angoisse, n'approchez pas Concha Perez ! Si vous n'avez pas encore éprouvé jusqu'à l'extrême la folie qu'elle peut engendrer et maintenir dans un cœur humain, n'approchez pas cette femme, fuyez-la comme la mort, laissez-moi vous sauver d'elle, ayez pitié de vous, enfin ! »

- Don Mateo, vous l'aimez donc ? »

L'Espagnol se passa la main sur le front et murmura :

« Oh ! non, tout est bien fini. Je ne l'aime ni ne la hais plus. La chose est passée. Tout s'efface…

- Ainsi, je ne vous blesserai pas personnellement si je m'abstiens de suivre vos avis ? Je vous ferais volontiers un sacrifice de ce genre ; mais je n'ai pas à m'en faire à moi-même… Quelle est votre réponse ? »

Mateo regarda André ; puis changeant tout à coup l'expression de ses traits, il lui dit sur un ton de boutade :

« Monsieur, il ne faut jamais aller au premier rendez-vous que donne une femme.

- Et pourquoi ?

- Parce qu'elle n'y vient pas. »

André, à qui ce mot rappelait un souvenir particulier, ne put s'empêcher de sourire.

« C'est quelquefois vrai, dit-il.

- Très souvent. Et si, par hasard, elle vous attendait en ce moment, soyez

sûr que votre absence ne ferait que déterminer son inclination pour vous. »
André réfléchit, et sourit de nouveau.

« Cela veut dire… ?

-… Que sans faire aucune personnalité, et quand même la jeune femme à laquelle vous vous intéressez se nommerait Lola Vasquez ou Rosario Lucena, je vous conseille de reprendre le fauteuil où vous étiez tout à l'heure et de ne plus le quitter sans raison sérieuse. Nous allons fumer des cigares en buvant des sirops glacés. C'est un mélange qui n'est pas très connu dans les restaurants de Paris, mais qui se fait d'un bout à l'autre de l'Amérique espagnole. Vous me direz tout à l'heure si vous goûtez pleinement la fumée du havane mêlée au sucre frais. »

Un court silence suivit. Tous deux s'étaient assis de chaque côté d'une petite table qui portait des puros et des cendriers ronds.

« Et maintenant, de quoi parlerons-nous ? » interrogea don Mateo.

André fit un geste qui signifiait :

Vous le savez bien.

« Je commence donc », dit Mateo d'une voix plus basse ; et la feinte gaieté qu'il avait découverte un moment s'éteignit sous un nuage durable.

APPARITION D'UNE PETITE MORICAUDE DANS UN PAYSAGE POLAIRE

Il y a trois ans, Monsieur, je n'avais pas encore les cheveux gris que vous me voyez. J'avais trente-sept ans ; je m'en croyais vingt-deux ; à aucun instant de ma vie je n'avais senti passer ma jeunesse et personne encore ne m'avait fait comprendre qu'elle approchait de sa fin.

On vous a dit que j'étais coureur : c'est faux. Je respectais trop l'amour pour fréquenter les arrière-boutiques, et je n'ai presque jamais possédé une femme que je n'eusse aimée passionnément. Si je vous nommais celles-là, vous seriez surpris de leur petit nombre. Dernièrement encore, en en faisant de mémoire le compte facile, je songeais que je n'avais jamais eu de maîtresse blonde. J'aurai toujours ignoré ces pâles objets du désir.

Ce qui est vrai, c'est que l'amour n'a pas été pour moi une distraction ou un plaisir, un passe-temps comme pour quelques-uns. Il a été ma vie même. Si je supprimais de mon souvenir les pensées et les actions qui ont eu la femme pour but, il n'y resterait plus rien, que le vide.

Ceci dit, je puis maintenant vous conter ce que je sais de Concha Perez.

C'était donc il y a trois ans, trois ans et demi, en hiver. Je revenais de France un 26 décembre, par un froid terrible, dans l'express qui passe vers midi le pont de la Bidassoa. La neige, déjà fort épaisse sur Biarritz et Saint-Sébastien, rendait presque impraticable la traversée du Guipuzcoa. Le train s'arrêta deux heures à Zumarraga, pendant que des ouvriers déblayaient hâtivement la voie ; puis il repartit pour stopper une seconde fois, en pleine montagne, et trois heures furent nécessaires à réparer le désastre d'une avalanche. Toute la nuit, ceci recommença. Les vitres du wagon lourdement feutrées de neige assourdissaient le bruit de la marche et nous passions au milieu d'un silence à qui le danger donnait un caractère de grandeur.

25

Le lendemain matin. arrêt devant Avila. Nous avions huit heures de retard, et depuis un jour entier nous étions à jeun. Je demande à un employé si l'on peut descendre ; il me crie :

« Quatre jours d'arrêt. Les trains ne passent plus. »

Connaissez-vous Avila ? C'est là qu'il faut envoyer les gens qui croient morte la vieille Espagne. Je fis porter mes malles dans une fonda où don Quichotte aurait pu loger ; des pantalons de peau à franges étaient assis sur des fontaines, et le soir, quand des cris dans les rues nous apprirent que le train repartait tout à coup, la diligence à mules noires qui nous traîna au galop dans la neige en manquant vingt fois de culbuter était certainement la même qui mena jadis de Burgos à l'Escorial les sujets du roi Philippe-Quint. Ce que j'achève de vous dire en quelques minutes, Monsieur, cela dura quarante heures.

Aussi, quand, vers huit heures du soir, en pleine nuit d'hiver et me privant de dîner pour la seconde fois, je repris mon coin à l'arrière, alors je me sentis envahi par un ennui démesuré. Passer une troisième nuit de wagon avec les quatre Anglais endormis qui me suivaient depuis Paris, c'était au-dessus de mon courage. Je laissai mon sac dans le filet, et, emportant ma couverture, je pris place comme je pus dans un compartiment d'une classe inférieure qui était plein de femmes espagnoles.

Un compartiment, je devrais dire quatre, car tous communiquaient à hauteur d'appui. Il y avait là des femmes du peuple, quelques marins, deux religieuses, trois étudiants, une gitane et un garde civil. C'était, comme vous le voyez, un public mêlé. Tous ces gens parlaient à la fois et sur le ton le plus aigu. Je n'étais pas assis depuis un quart d'heure et déjà je connaissais la vie de tous mes voisins. Certaines personnes se moquent des gens qui se livrent ainsi. Pour moi, je n'observe jamais sans pitié ce besoin qu'ont les âmes simples de crier leurs peines dans le désert.

Tout à coup le train s'arrêta. Nous passions la Sierra de Guadarrama, à quatorze cents mètres d'altitude. Une nouvelle avalanche venait de barrer la route. Le train essaya de reculer : un autre éboulement lui barrait le retour. Et la neige ne cessait pas d'ensevelir lentement les wagons.

C'est un récit de Norvège, que je vous conte là, n'est-il pas vrai ? Si nous avions été en pays protestant, les gens se seraient mis à genoux en recommandant leur âme à Dieu ; mais, hors les journées de tonnerre, nos Espagnols ne craignent pas les vengeances soudaines du ciel. Quand ils apprirent que le convoi était décidément bloqué, ils s'adressèrent à la gitane, et lui demandèrent de danser.

Elle dansa, C'était une femme d'une trentaine d'années au moins, très laide comme la plupart des filles de sa race, mais qui semblait avoir du feu entre la taille et les mollets. En un instant, nous oubliâmes le froid, la neige et la nuit. Les gens des autres compartiments étaient à genoux sur les bancs de bois, et, le menton sur les barrières, ils regardaient la bohémienne. Ceux qui l'entouraient de plus près « toquaient » des paumes en cadence selon le rythme toujours varié du baile flamenco.

C'est alors que je remarquai dans un coin, en face de moi, une petite fille qui chantait.

Celle-ci avait un jupon rose, ce qui me fit deviner aisément qu'elle était de race andalouse, car les Castillanes préfèrent les couleurs sombres, le noir français ou le brun allemand. Ses épaules et sa poitrine naissante disparaissaient sous un châle crème, et, pour se protéger du froid, elle avait autour du visage un foulard blanc qui se terminait par deux longues cornes en arrière.

Tout le wagon savait déjà qu'elle était élève au couvent de San José d'Avila, qu'elle se rendait à Madrid, qu'elle allait retrouver sa mère, qu'elle n'avait pas de novio et qu'on l'appelait Concha Perez.

Sa voix était singulièrement pénétrante. Elle chantait sans bouger, les mains sous le châle, presque étendue, les yeux fermés ; mais les chansons qu'elle chantait là, j'imagine qu'elle ne les avait pas apprises chez les sœurs. Elle choisissait bien, parmi ces coplas de quatre vers où le peuple met toute sa passion. Je l'entends encore chanter avec unecaresse dans la voix :

Dime, nina, si me quieres ;
Por Dios, descubre tu pecho…
ou :
Tes matelas sont des jasmins,
Tes draps des roses blanches,
Des lis tes oreillers,
Et toi, une rose qui te couches.

Je ne vous dis que les moins vives.

Mais soudain, comme si elle avait senti le ridicule d'adresser de pareilles hyperboles à cette sauvagesse, elle changea de ton son répertoire et n'accompagna plus la danse que par des

chansons ironiques comme celle-ci, dont je me souviens :
Petite aux vingt novios
(Et avec moi vingt et un),
Si tous sont comme je suis
Tu resteras toute seule.

La gitane ne sut d'abord si elle devait rire ou se fâcher. Les rieurs étaient pour l'adversaire et il était visible que cette fille d'Égypte ne comptait pas au nombre de ses qualités l'esprit de repartie qui remplace, dans nos sociétés modernes, les arguments du poing fermé.

Elle se tut en serrant les dents. La petite, complètement rassurée désormais sur les conséquences de son escarmouche, redoubla d'audace et de gaieté.

Une explosion de colère l'interrompit. L'Égyptienne levait ses deux mains crispées :

« Je t'arracherai les yeux ! Je t'arracherai…

- Gare à moi ! » répondit Concha le plus tranquillement du monde et sans même lever les paupières. Puis, au milieu d'un torrent d'injures, elle ajouta de la même voix très calme :

« Gardes ! qu'on me fournisse deux _chulos », comme si elle était devant un taureau.

Tout le wagon était en joie. Olé, disaient les hommes. Et les femmes lui jetaient des regards de tendresse.

Elle ne se troubla qu'une fois, sous un outrage plus sensible : la gitane l'appelait : « Fillette ! »

« Je suis femme », dit la petite en frappant ses seins naissants.

Et les deux combattantes se jetèrent l'une sur l'autre avec de vraies larmes de rage.

Je m'interposai : les batailles de femmes sont des spectacles que je n'ai jamais pu regarder avec le désintéressement que leur témoignent les foules. Les femmes se battent mal et dangereusement. Elles ne connaissent pas le coup de main qui terrasse, mais le coup d'ongle qui défigure ou le coup d'aiguille qui aveugle. Elles me font peur.

Je les séparai donc et ce n'était pas facile. Fou qui se glisse entre deux ennemies ! Je fis de mon mieux ; après quoi elles se renfoncèrent chacune dans son coin avec le battement de pied de la fureur contenue.

Quand tout fut apaisé, un grand escogriffe vêtu d'un uniforme de garde civil surgit d'un compartiment voisin. Il enjamba de ses longues bottes la barrière de bois qui servait de dossier, promena ses regards protecteurs sur le champ de bataille où il n'avait plus rien à faire, et avec cette infaillibilité de la police qui frappe toujours le plus faible, il appliqua sur la joue de la pauvre petite Concha un soufflet stupide et brutal.

Sans daigner expliquer cette sentence sommaire, il fit passer l'enfant dans un autre compartiment, revint lui-même dans le sien par une seconde enjambée de ses bottes caricaturales, et croisa gravement les mains sur son sabre, avec la satisfaction d'avoir rétabli l'ordre public.

Le train s'était remis en marche. Nous passâmes Sainte-Marie-des-Neiges dans un paysage de prodige. Un cirque immense de blancheurs sous un précipice de mille pieds se refermait à l'horizon par une ligne de montagnes pâles. La lune éclatante et glacée était l'âme même de la sierra neigeuse et nulle part je ne l'ai vue plus divine que pendant cette nuit d'hiver. Le ciel était absolument noir. Elle seule luisait, et la neige. Par moments, je me croyais en route dans un train silencieux et fantastique, à la découverte d'un pôle.

J'étais seul à voir ce mirage. Mes voisins dormaient déjà. Avez-vous remarqué. cher ami, que les gens ne regardent jamais rien de ce qui est intéressant ? L'an dernier, sur le pont de Triana. je m'étais arrêté en contemplation devant le plus beau coucher de soleil de l'année. Rien ne peut donner une idée de la splendeur de Séville dans un pareil moment. Eh bien, je regardais les passants : ils allaient à leurs affaires ou causaient en promenant leur ennui ; mais pas un ne tournait la tête. Cette soirée de triomphe, personne ne l'a vue.

…Comme je contemplais la nuit de lune et de neige et que mes yeux se lassaient déjà de son éblouissante blancheur, l'image de la petite chanteuse traversa ma pensée, et je souris du rapprochement. Cette jeune moricaude dans ce paysage scandinave, c'était une mandarine sur une banquise, une banane aux pieds d'un ours blanc, quelque chose d'incohérent et de cocasse. Où était-elle ? Je me penchai par-dessus la barrière d'appui et je la vis tout près de moi, si près que j'aurais pu la toucher.

Elle s'était endormie, la bouche ouverte, les mains croisées sous le châle, et dans le sommeil sa tête avait glissé sur le bras de la religieuse voisine. Je voulais bien croire qu'elle était femme, puisqu'elle-même nous l'avait dit ; mais elle dormait, Monsieur comme un enfant de six mois. Presque tout son visage était emmitouflé dans son foulard à cornes qui se moulait à ses joues en boule. Une mèche ronde et noire, une paupière fermée des cils très longs, un petit nez dans la lumière et deux lèvres marquées d'ombre, je n'en voyais pas plus, et pourtant je m'attardai jusqu'à l'aube sur cette bouche singulière, tellement enfantine et sensuelle ensemble, que je doutais parfois si ses mouvements de rêve appelaient le mamelon de la nourrice ou les lèvres de l'amant.

Le jour vint, comme nous passions l'Escorial. L'hiver sec et terne des alrededores avait remplacé, dans l'horizon des vitres, les merveilles de la Sierra. Bientôt nous entrâmes en gare, et comme je descendais ma valise, j'entendis une petite voix qui criait, déjà sur le quai :

« Mira ! mira ! »

Elle montrait du doigt les massifs de neige qui, d'un bout à l'autre du train, couvraient le toit des wagons, s'attachaient aux fenêtres, coiffaient les tampons, les ressorts, les ferrures ; et auprès des trains intacts qui allaient quitter la ville, l'aspect lamentable du nôtre la faisait rire aux éclats.

Je l'aidai à prendre ses paquets ; je voulais les faire porter, mais elle refusa. Elle en avait six. Rapidement, elle enfila les six anses comme elle put, une à l'épaule, la seconde au coude, et les quatre autres dans les mains.

Elle s'enfuit en courant.

Je la perdis de vue.

Vous voyez, Monsieur, combien cette première rencontre est insignifiante et vague. Ce n'est pas un début de roman : le décor y tient plus de place que l'héroïne, et j'aurais pu n'en pas tenir compte ; mais quoi de plus irrégulier qu'une aventure de la vie réelle ? Cela commença vraiment ainsi.

J'en jurerais aujourd'hui : si l'on m'avait demandé, ce matin là, quel était pour moi l'événement de la nuit, quel souvenir j'aurais plus tard de ces quarante heures entre cent mille, j'aurais parlé du paysage et non de Concha Perez.

Elle m'avait amusé vingt minutes. Sa petite image m'occupa une fois ou deux encore, puis le courant de mes affaires m'entraîna autre part et je cessai de penser à elle.

OÙ LA MÊME PERSONNE REPARAÎT DANS UN DÉCOR PLUS CONNU

L'été suivant, je la retrouvai tout à coup.

J'étais depuis longtemps revenu à Séville, assez tôt pour reprendre encore une liaison déjà ancienne et pour la rompre.

De ceci, je ne vous dirai rien. Vous n'êtes pas ici pour entendre le récit de mes mémoires et j'ai d'ailleurs peu de goût à livrer des souvenirs intimes. Sans l'étrange coïncidence qui nous réunit autour d'une femme, je ne vous aurais point découvert ce fragment de mon passé. Que du moins cette confidence reste unique, même entre nous.

Au mois d'août, je me retrouvai seul dans ma maison qu'une présence féminine emplissait depuis des années. Le second couvert enlevé, les armoires sans robes, le lit vide, le silence partout : si vous avez été amant, vous me comprenez, c'est horrible.

Pour échapper à l'angoisse de ce deuil pire que les deuils, je sortais du matin au soir, j'allais n'importe où, à cheval ou à pied, avec un fusil, une canne ou un livre ; il m'arriva même de coucher à l'auberge pour ne pas rentrer chez moi. Une après-midi, par désœuvrement, j'entrai à la Fábrica.

C'était une accablante journée d'été. J'avais déjeuné à l'hôtel de Paris, et pour aller de Las Sierpes à la rue San-Fernando, « à l'heure où il n'y a dans les rues que les chiens et les Français », j'avais cru mourir de soleil.

J'entrai, et j'entrai seul, ce qui est une faveur, car vous savez que les visiteurs sont conduits par une surveillante dans ce harem immense de quatre mille huit cents femmes, si libres de tenue et de propos.

Ce jour-là, qui était torride, je vous l'ai dit, elles ne mettaient aucune réserve à profiter de la tolérance qui leur permet de se déshabiller à leur guise dans l'insoutenable atmosphère où elles vivent de juin à septembre. C'est pure humanité qu'un tel règlement, car la température de ces longues salles est saharienne et il est charitable de donner aux pauvres filles la même licence qu'aux chauffeurs des paquebots. Mais le résultat n'en est pas moins intéressant.

Les plus vêtues n'avaient que leur chemise autour du corps (c'étaient les prudes) ; presque toutes travaillaient le torse nu, avec un simple jupon de toile desserré de la ceinture et parfois repoussé jusqu'au milieu des cuisses. Le spectacle était mélangé. C'était la femme à tous les âges, enfant et vieille, jeune ou moins jeune, obèse, grasse, maigre, ou décharnée. Quelques-unes étaient enceintes D'autres allaitaient leur petit. D'autres n'étaient même pas nubiles. Il y avait de tout dans cette foule nue, excepté des vierges, probablement. Il y avait même de jolies filles.

Je passais entre les rangs compacts en regardant de droite et de gauche, tantôt sollicité d'aumônes et tantôt apostrophé par les plaisanteries les plus cyniques. Car l'entrée d'un homme seul dans ce harem monstre éveille bien des émotions. Je vous prie de croire qu'elles ne mâchent pas les mots quand elles ont mis leur chemise bas, et elles ajoutent à la parole quelques gestes d'une impudeur ou plutôt d'une simplicité qui est un peu déconcertante, même pour un homme de mon âge. Ces filles sont impudiques comme des femmes honnêtes.

Je ne répondais pas à toutes. Qui peut se flatter d'avoir le dernier mot avec une cigarrera ? Mais je les regardais curieusement et leur nudité se conciliant mal avec le sentiment d'un travail pénible, je croyais voir toutes ces mains actives se fabriquer à la hâte d'innombrables petits amants en feuilles de tabac. Elles faisaient, d'ailleurs, ce qu'il faut pour m'en suggérer l'idée.

Le contraste est singulier, de la pauvreté de leur linge et du soin extrême qu'elles apportent à leurs têtes chargées de cheveux. Elles sont coiffées au petit fer comme à l'heure d'entrer au bal et poudrées jusqu'au bout des seins, même par dessus leurs saintes médailles. Pas une qui n'ait dans son chignon quarante épingles et une fleur rouge. Pas une qui n'ait au fond de son mouchoir la petite glace et la houppette blanche. On les prendrait pour des actrices en costume de mendiantes.

Je les considérais une à une et il me parut que même les plus tranquilles montraient quelque vanité à se laisser examiner. J'en vis de jeunes qui se mettaient à l'aise, comme par hasard, au moment où j'approchais d'elles. À celles qui avaient des enfants je donnais quelques perras ; à d'autres des bouquets d'œillets dont j'avais empli mes poches, et qu'elles suspendaient immédiatement sur leur poitrine à la chaînette de leur croix. Il y avait, n'en doutez pas, de bien pauvres anatomies dans ce troupeau hétéroclite, mais toutes étaient intéressantes, et je m'arrêtai plus d'une fois, devant un admirable corps féminin, comme vraiment il n'y en a pas ailleurs qu'en Espagne, un torse chaud, plein de chair, velouté comme un fruit et très suffisamment vêtu par la peau brillante d'une couleur uniforme et foncée, où se détachent avec vigueur l'astrakan bouclé des sous-bras, et les couronnes noires des seins.

J'en vis quinze qui étaient belles. C'est beaucoup, sur cinq mille femmes.

Presque assourdi, et un peu las, j'allais quitter la troisième salle, quand au milieu des cris et des éclats de paroles, j'entendis près de moi une petite voix futée qui me disait :

« Caballero, si vous me donnez une perra chica je vous chanterai une petite chanson. »

Je reconnus Concha avec une stupéfaction parfaite. Elle avait   je la vois encore   une longue chemise un peu usée mais qui tenait bien à ses épaules et ne la décolletait qu'à peine. Elle me regardait en redressant avec la main un piquet de fleurs de grenadier dans le premier maillon de sa natte noire.

« Comment es-tu venue ici

— Dieu le sait. Je ne me souviens plus.

— Mais ton couvent d'Avila ?

— Quand les filles y reviennent par la porte, elles en sortent par la fenêtre.

— Et c'est par là que tu es sorties ?

— Caballero, Je suis honnête, je ne suis rentrée du tout de peur de faire un péché. Eh bien, donnez-moi un real et je vous chante une soledad pendant que la surveillante est au fond de la salle. »

Vous pensez si les voisines nous regardaient pendant ce dialogue. Moi, sans doute, j'en avais quelque embarras, mais Concha était imperturbable. Je poursuivis.

« Alors avec qui es-tu à Séville ?

— Avec maman. »

Je frémis. Un amant, pour une jeune fille, est encore une garantie ; mais une mère, quelle perdition !

« Maman et nous, nous nous occupons. Elle va à l'église ; moi je viens ici. C'est la différence d'âge.

— Tu viens tous les jours ?

— À peu près.

— Seulement ?

— Oui. Quand il ne pleut pas, quand je n'ai pas sommeil, quand cela m'ennuie d'aller me promener. On entre ici comme on veut ; demandez-le à mes voisines ; mais il faut être là à midi, ou alors on n'est pas reçue.

— Pas plus tard ?

— Ne plaisantez pas. Midi, Dios mio ! comme c'est matin déjà ! J'en connais qui n'arrivent pas deux jours sur quatre à se lever d'assez bonne heure pour trouver la grille ouverte. Et vous savez, pour ce qu'on gagne, on ferait mieux de rester chez soi.

— Combien gagne-t-on ?

— Soixante-quinze centimes pour mille cigares ou mille paquets de cigarettes. Moi, comme je travaille bien, j'ai une piécette : mais ce n'est pas encore le

Pérou… Donnez-moi aussi une piécette, caballero, et je vous chanterai une séguedille que vous ne connaissez pas. »

Je jetai dans sa botte un napoléon et je la quittai en lui tirant l'oreille.

Monsieur, il y a dans la jeunesse des gens heureux un instant précis où la chance tourne, où la pente qui montait redescend, ou la mauvaise saison commence. Ce fut la le mien. Cette pièce d'or jetée devant cette enfant, c'était le dé fatal de mon jeu. Je date de là ma vie actuelle, ma ruine morale, ma déchéance et tout ce que vous voyez d'altéré sur mon front. Vous saurez cela : l'histoire est bien simple, vraiment, presque banale, sauf un point ; mais elle m'a tué.

J'étais sorti et je marchais lentement dans la rue sans ombre, quand j'entendis derrière moi un petit pas qui courait. Je me retournai : elle m'avait rejoint.

« Merci. Monsieur », me dit-elle.

Et je vis que sa voix avait changé. Je ne m'étais pas rendu compte de l'effet que ma petite offrande avait dû produire sur elle ; mais cette fois je m'aperçus qu'il était considérable. Un napoléon, c'est vingt-quatre piécettes, le prix d'un bouquet : pour une cigarrera, c'est le travail d'un mois. En outre, c'était une pièce d'or, et l'or ne se voit guère en Espagne, qu'à la devanture du changeur…

J'avais évoqué, sans le vouloir, toute l'émotion de la richesse.

Bien entendu, elle s'était empressée de laisser là les paquets de cigarettes qu'elle bourrait depuis le matin. Elle avait repris son jupon, ses bas, son châle jaune, son éventail et, les joues poudrées à la hâte elle m'avait bien vite retrouvé.

« Venez. continua-t-elle, vous êtes mon ami. Reconduisez-moi chez maman, puisque j'ai congé, grâce à vous.

- Où demeure-t-elle, ta mère ?

- Calle Manteros, tout près. Vous avez été gentil pour moi ; mais vous n'avez pas voulu de ma chanson, c'est mal. Aussi, pour vous punir c'est vous qui allez m'en dire une.

- Cela. non.

- Si, je vais vous la souffler. »

Elle se pencha à mon oreille :

« Vous allez me réciter celle-là :

« ¿ Hay quien no escuche ? No.

- ¿ Quieres que te diga ? Di.

- ¿ Tienes otro amante ? No.

- ¿ Quieres que lo sea ? - Si. »

« Mais, vous savez, c'est une chanson et les réponses ne sont pas de moi.

- Est-ce bien vrai ?

- Oh ! absolument.

- Et pourquoi ?

- Devinez.
- Parce que tu ne m'aimes pas.
- Si, je vous trouve charmant.
- Mais tu as un ami ?
- Non. je n'en ai pas.
- Alors, c'est par piété ?
- Je suis très pieuse, mais je n'ai pas fait de vœux, caballero.
- Ce n'est pas par froideur sans doute ?
- Non, Monsieur.
- Il y a bien des questions que je ne peux pas te poser, ma chère petite. Si tu as une raison, dis-la-moi.
- Ah ! je savais bien que vous ne devineriez pas ! Ce n'était pas possible à trouver.
- Mais qu'y a-t-il, enfin ?
- Je suis mozita. »

OÙ CONCHITA SE MANIFESTE, SE RÉSERVE ET DISPARAÎT

Elle avait dit ces mots avec un tel aplomb que je m'arrêtai, perdant contenance pour elle.

Qu'y avait-il dans cette petite tête d'enfant provocante et rebelle ? Que signifiait cette attitude décidée, cet Œil franc et peut-être honnête, cette bouche sensuelle qui se disait intraitable comme pour tenter les hardiesses ?

Je ne sus que penser, mais je compris parfaitement qu'elle me plaisait beaucoup, que j'étais enchanté de l'avoir retrouvée et que sans doute j'allais rechercher toutes les occasions de la regarder vivre.

Nous étions arrivés à la porte de sa maison, où une marchande de fruits déballait ses corbeilles.

« Achetez-moi des mandarines, me dit-elle. Je vous les offrirai là-haut. »

Nous montâmes. La maison était inquiétante. Une carte de femme sans profession était clouée à la première porte. Au-dessus, une fleuriste. À côté un appartement clos d'où s'échappait un bruit de rires. Je me demandais si cette petite fille ne me menait pas tout simplement au plus banal des rendez-vous. Mais, en somme, l'entourage ne prouvait rien, les cigarières indigentes ne choisissent pas leur domicile et je n'aime pas à juger les gens d'après la plaque de leur rue.

Au dernier étage, elle s'arrêta sur le palier bordé d'une balustrade de bois et donna trois petits coups de poing dans une porte brune qui s'ouvrit avec effort.

« Maman, laisse entrer, dit l'enfant. C'est un ami. »

La mère. une femme flétrie et noire, qui avait encore des souvenirs de beauté, me toisa sans grande confiance. Mais à la façon dont sa fille poussa la porte et m'invita sur ses pas, il m'apparut qu'une seule personne était maîtresse dans ce taudis et que la reine mère avait abdiqué la régence.

« Regarde, maman : douze mandarines ; et regarde encore : un napoléon.

- Jésus, dit la vieille en croisant les mains. Et comment as-tu gagné tout cela ? »

J'expliquai rapidement notre double rencontre, en wagon et à la Fabrique, et j'amenai la conversation sur le terrain des confidences.

Elles furent interminables.

La femme était ou se disait veuve d'un ingénieur mort à Huelva. Revenue sans pension, sans ressources, elle avait mangé, en quatre ans d'une existence pourtant modeste, les économies du mari. Enfin une histoire, réelle ou fausse, que j'avais entendue vingt fois et qui se terminait par un cri de misère.

« Que faire ? Moi, je n'ai pas de métier, je ne sais que m'occuper du ménage et prier la Sainte Mère de Dieu. On m'a proposé une place de concierge, mais je suis trop fière pour être servante. Je passe mes journées à l'église. J'aime mieux baiser les dalles du chœur que de balayer celles de la porte, et j'attends que Notre-Seigneur me soutienne au dernier moment. Deux femmes seules sont si exposées ! Ah ! caballero, les tentations ne manquent pas à qui les écoute ! Nous serions riches, ma fille et moi, si nous avions suivi les mauvais chemins. Nous aurions mules et colliers ! Mais le péché n'a jamais passé la nuit ici. Notre âme est âme plus droite que le doigt de saint Jean et nous gardons confiance en Dieu qui connaît les siens entre mille. »

Conchita, pendant ce discours, avait achevé, devant une glace clouée au mur, un travail de pastelliste avec deux doigts et de la poudre sur tout son petit visage trop brun. Elle se retourna, éclairée par un sourire de satisfaction et il me sembla que sa bouche en était transfigurée.

« Ah ! reprit la mère, quel souci pour moi, quand je la vois partir le matin pour la Fabrique ! Quels mauvais exemples on lui donne ! quels vilains mots on lui apprend ! Ces filles n'ont pas de carmin dans les joues, caballero. On ne sait jamais d'où elles viennent quand elles entrent là le matin, et si ma fille les écoutait, il y a longtemps que je ne la verrais plus.

- Pourquoi la faites-vous travailler là ?

- Ailleurs, ce serait la même chose. Vous savez bien ce que c'est, Monsieur : quand deux ouvrières sont douze heures ensemble, elles parlent de ce qu'il ne faut pas pendant onze heures trois quarts et le reste du temps elles se taisent.

- Si elles ne font que parler, il n'y a pas grand mal.

- Qui donne le menu, donne la faim. Allez ! ce qui perd les jeunes filles, ce sont les conseils des femmes plus que les yeux des hommes. Je ne me fie pas à la plus sage. Telle qui a le rosaire en main porte le diable dans sa jupe. Ni jeune ni vieille, jamais d'amie : c'est ce que je voudrais pour ma fille. Et là-bas, elle en a cinq mille.

- Eh bien, qu'elle n'y retourne plus », interrompis je.

Je sortis de ma poche deux billets et je les posai sur une table.

Exclamations. Mains jointes. Larmes. Je passe sur ce que vous devinez. Mais quand les cris eurent cessé, la mère m'avoua en secouant la tête qu'il faudrait bien néanmoins que l'enfant reprit son travail, car la somme était due, et au-delà, au logeur, à l'épicier, au pharmacien, à la fripière. Bref, je doublai mon offrande et pris congé sur-le-champ, mettant une pudeur et un calcul également naturels à me taire ce jour-là sur mes sentiments.

Le lendemain, je ne le nie pas, il était dix heures à peine quand je frappai à la porte.

« Maman est sortie, me dit Concha. Elle fait son marché. Entrez, mon ami. »

Elle me regarda, puis se mit à rire.

« Eh bien ! je me tiens sage devant maman. Qu'en dites vous ?

- En effet.

- Ne croyez pas au moins que ce soit par éducation. Je me suis élevée toute seule : c'est heureux, car ma pauvre mère en aurait été bien incapable. Je suis honnête et elle s'en vante ; mais je m'accouderais à la fenêtre en appelant les passants, que maman me contemplerait en disant : ¡ Qué gracia ! Je fais exactement ce qu'il me plaît du matin au soir. Aussi j'ai du mérite à ne pas faire tout ce qui me passe par la tête, car ce n'est pas elle qui me retiendrait malgré les phrases qu'elle vous a dites.

- Alors, jeune personne. le jour où un novio sera candidat, c'est à vous qu'il devra parler ?

- C'est à moi. En connaissez-vous ?

- Non. »

J'étais devant elle, dans un fauteuil de bois dont le bras gauche était cassé. Je me vois encore, le dos à la fenêtre, près d'un rayon de soleil qui zébrait le plancher…

Soudain elle s'assit sur mes genoux, mit ses deux mains à mes épaules et me dit :

« C'est vrai ? »

Je ne répondis plus.

Instinctivement, j'avais refermé mes bras sur elle et d'une main j'attirais à moi sa chère tête devenue sérieuse ; mais elle devança mon geste et posa vivement elle-même sa bouche brûlante sur la mienne en me regardant profondément.

Primesautière, incompréhensible : telle je l'ai toujours connue. La brusquerie de sa tendresse m'affola comme un breuvage. Je la serrai de plus près encore. Sa taille cédait à mon bras. Je sentais peser sur moi la chaleur et la forme ronde de ses jambes à travers la jupe.

Elle se leva.

« Non, dit-elle. Non. Non. Allez-vous-en.

- Oui. mais avec toi. Viens.

- Que je vous suive ? et où cela ? chez vous ? Mon ami, vous n'y comptez pas. »

Je la repris dans mes bras, mais elle se dégagea.

« Ne me touchez pas, ou j'appelle ; et alors nous ne nous reverrons plus.

- Concha, Conchita, ma petite, es-tu folle ? Comment, je viens chez toi en ami, je te parle comme à une étrangère ; tout à coup tu te jettes dans mes bras, et maintenant c'est moi que tu accuses ?

- Je vous ai embrassé parce que je vous aime bien, mais vous, vous ne m'embrasserez pas sans m'aimer.

- Et tu crois que je ne t'aime point, enfant ?

- Non, je vous plais, je vous amuse ; mais je ne suis pas la seule, n'est-ce pas, caballero ? Les cheveux noirs poussent sur bien des filles, et bien des yeux passent dans les rues. Il n'en manque pas, à la Fabrique, d'aussi jolies que moi et qui se le laissent dire. Faites ce que vous voudrez avec elles, je vous donnerai des noms si vous en demandez. Mais moi, c'est moi, et il n'y a qu'une moi de San-Roque à Triana. Aussi je ne veux pas qu'on m'achète comme une poupée au bazar, parce que, moi enlevée, on ne me retrouverait plus. »

Des pas montaient l'escalier. Elle se retourna vers la porte et ouvrit à sa mère.

« Monsieur est venu pour prendre de tes nouvelles, dit l'enfant. Il t'avait trouvé mauvaise mine et te croyait malade. »

…Je sortis une heure après, très nerveux, très agacé, et doutant à part moi si je reviendrais jamais.

Hélas ! je revins ; non pas une fois, mais trente. J'étais amoureux comme un jeune homme. Vous avez connu ces folies. Que dis-je ! vous les éprouvez à l'heure même où je vous parle, et vous me comprenez. Chaque fois que je quittais sa chambre, je me disais :

« Vingt-deux heures, ou vingt heures jusqu'à demain », et ces douze cents minutes ne finissaient pas de couler.

Peu à peu, j'en vins à passer la journée entière en famille. Je subvenais aux dépenses et même aux dettes, qui devaient être considérables, si j'en juge par ce qu'elles me coûtèrent. Ceci était plutôt une recommandation et d'ailleurs aucun bruit ne courait dans le quartier. Je me persuadai facilement que j'étais le premier ami de ces pauvres femmes solitaires.

Sans doute, je n'avais pas eu grand-peine à devenir leur familier ; mais un homme s'étonne-t-il jamais des facilités qu'il obtient ? Un soupçon de plus aurait pu me mettre en garde, auquel je ne m'arrêtai point : je veux dire l'absence de mystères et de contrainte à mon égard. Il n'y avait jamais d'instant où je ne pusse entrer dans leur chambres Concha, toujours affectueuse, mais toujours réservée, ne faisait aucune difficulté pour me rendre témoin même de sa toilette. Souvent, je la trouvais couchée le matin, car elle se levait tard depuis qu'elle était oisive. Sa mère sortait, et elle, ramenant ses jambes dans le lit, m'invitait à m'asseoir près de ses genoux réunis.

Nous causions. Elle était impénétrable.

J'ai vu à Tanger des Mauresques en costume, qui entre leurs deux voiles ne laissaient nus que leurs yeux, mais par là, je voyais jusqu'au fond de leur âme. Celle-ci ne cachait rien, ni sa vie ni ses formes, et je sentais un mur entre elle et moi.

Elle paraissait m'aimer. Peut-être m'aimait-elle. Aujourd'hui encore, je ne sais que penser. À toutes mes supplications, elle répondait par un « plus tard » que je ne pouvais pas briser. Je la menaçai de partir, elle me dit : « Allez-vous-en. » Je la menaçai de violence, elle me dit : vous ne pourrez jamais. Je la comblai de cadeaux, elle les accepta, mais avec une reconnaissance toujours consciente de ses bornes.

Pourtant, quand j'entrais chez elle, une lumière naissait dans ses yeux, qui n'était point artificieuse.

Elle dormait neuf heures la nuit, et trois heures au milieu du jour. Ceci excepté, elle ne faisait rien. Quand elle se levait, c'était pour s'étendre en peignoir sur une natte fraîche, avec deux coussins sous la tête et un troisième sous les reins. Jamais je ne pus la décider à s'occuper de quoi que ce fût. Ni un travail d'aiguille, ni un jeu, ni un livre ne passèrent entre ses mains depuis le jour où, par ma faute, elle avait quitté la Fabrique. Même les soins du ménage ne l'intéressaient pas : sa mère faisait la chambre, les lits et la cuisine, et chaque matin passait une demi-heure à coiffer la chevelure pesante de ma petite amie encore mal éveillée.

Pendant toute une semaine, elle refusa de quitter son lit. Non pas qu'elle se crut souffrante, mais elle avait découvert que s'il était inutile de se promener sans raison dans les rues, il était encore plus vain de faire trois pas dans sa chambre et de quitter les draps pour la natte, où le costume de rigueur gênait sa nonchalance. Toutes nos Espagnoles sont ainsi : à qui les voit en public, le feu de leurs yeux, l'éclat de leur voix, la prestesse de leurs mouvements paraissent naître d'une source en perpétuelle éruption ; et pourtant, dès qu'elles se trouvent seules, leur vie coule dans un repos qui est leur grande volupté. Elles se couchent sur une chaise longue dans une pièce aux stores baissés ; elles rêvent aux bijoux qu'elles pourraient avoir, aux palais qu'elles devraient habiter, aux amants inconnus dont elles voudraient sentir le poids chéri sur leur poitrine. Et ainsi se passent les heures.

Par sa conception des devoirs journaliers. Concha était très Espagnole. Mais je ne sais de quel pays lui venait sa conception de l'amour : après douze semaines de soins assidus, je retrouvais, dans son sourire, à la fois les mêmes promesses et les mêmes résistances.

Un jour enfin, hors d'état de souffrir plus longtemps cette perpétuelle attente et cette préoccupation de toutes les minutes, qui troublait ma vie au point de la rendre inutile et vide depuis trois mois vécus ainsi, je pris à part la vieille femme en l'absence de son enfant et je lui parlai à cœur ouvert, de la façon la plus pressante.

Je lui dis que j'aimais sa fille, que j'avais l'intention d'unir ma vie à la sienne, que, pour des raisons faciles à entendre, je ne pouvais accepter aucun lien avoué, mais que j'étais résolu à lui faire partager un amour exclusif et profond dont elle ne pouvait prendre offense.

« J'ai des raisons de croire, dis-je en terminant, que Conchita m'aimerait, mais se défie de moi. Si elle ne m'aime point je n'entends pas la contraindre : mais si mon seul malheur est de la laisser dans le doute, persuadez-la. »

J'ajoutai qu'en retour, j'assurerais non seulement sa vie présente, mais sa fortune personnelle à l'avenir. Et, pour ne laisser aucun doute sur la sincérité de mes engagements, je remis à la vieille une très forte liasse, en la chargeant d'user de son expérience maternelle pour assurer l'enfant qu'elle ne serait point trompée.

Plus ému que jamais, je rentrai chez moi. Cette nuit-là, je ne pus me coucher. Pendant des heures je marchai à travers le patio de ma maison, par une nuit admirable et déjà fraîche, mais qui ne suffisait pas à me calmer. Je formais des projets sans fin, en vue d'une solution que je voulais prévoir bienheureuse. Au lever du soleil, je fis couper toutes les fleurs de trois massifs et je les répandis dans l'allée, sur l'escalier, sur le perron pour faire à ses pas jusqu'à moi une avenue de pourpre et de safran. Je l'imaginais partout, debout contre un arbre, assise sur un banc, couchée sur la pelouse, accoudée derrière les balustres ou levant les bras dans le soleil jusqu'à une branche chargée de fruits. L'âme du jardin et de la maison avait pris la forme de son corps.

Et voici qu'après toute une nuit d'une attente insupportable et après une matinée qui semblait ne devoir plus finir, je reçus vers onze heures, par la poste, une lettre de quelques lignes. Croyez-le sans peine, je la sais encore par cœur.

Elle disait ceci :

« Si vous m'aviez aimée, vous m'auriez attendue. Je voulais me donner à vous ; vous avez demandé qu'on me vendît. Jamais plus vous ne me reverrez.

CONCHITA. »

Deux minutes après, j'étais à cheval, et midi n'avait pas sonné quand j'arrivai à Séville, presque étourdi de chaleur et d'angoisse. Je montai rapidement, je frappai vingt fois. Le silence.

Enfin une porte s'ouvrit derrière moi, sur le même palier, et une voisine m'expliqua longuement que les deux femmes étaient parties le matin dans la direction de la gare, avec leurs paquets, et qu'on ne savait même pas quel train elles avaient pris.

« Elles étaient seules ? demandai-je.

- Toutes seules.

- Pas d'homme avec elles ? vous êtes sûre ?

- Jésus ! je n'ai jamais vu d'autre homme que vous en leur compagnie.

- Elles n'ont rien laissé pour moi ?

- Rien ; elles sont brouillées avec vous, si je les crois.

- Mais reviendront-elles ?

- Dieu le sait. Elles ne me l'ont pas dit.

- Il faudra bien qu'elles reviennent pour chercher leurs meubles.

- Non. La maison est meublée. Tout ce qui leur appartenait, elles l'ont pris. Et maintenant, seigneur, elles sont loin. »

QUI SE TERMINE EN CUL-DE-LAMPE PAR UNE CHEVELURE NOIRE

L'automne passa. L'hiver s'écoula tout entier ; mais mon souvenir ne s'effaçait point d'un détail et je sais peu d'époques aussi désastreuses dans ma vie, peu de mois aussi vides que ceux-là.

J'avais cru recommencer une existence nouvelle, j'avais cru fixer pour longtemps, peut- être pour toujours, mon intimité amoureuse et tout croulait avant les noces. Je ne gardais même pas dans la mémoire une heure d'union véritable avec cette petite ; non, pas un lien, pas une chose accomplie, rien qui pût me consoler même par la vaine pensée que, si je ne l'avais plus, du moins je l'avais eue et qu'on ne m'ôterait pas cela…

Et je l'aimais ! Oh ! que je l'aimais, mon Dieu ! J'en étais venu à croire qu'elle avait raison contre moi et que je m'étais conduit en rustre avec cette vierge de légendes. Si je la revois jamais, me disais-je, si j'ai cette grâce du Ciel, je resterai à ses pieds, jusqu'à ce qu'elle me fasse signe, dussé-je attendre des années. Je ne la brusquerai point : je comprends ce qu'elle éprouve. Elle se sait d'une condition où l'on prend ses pareilles comme maîtresses au mois, et elle ne veut pas d'un traitement inférieur à son caractère. Elle veut m'éprouver, être sûre de moi, et si elle se donne, ne pas se prêter. Soit ; je serai selon son désir. Mais la reverrai-je ? Et aussitôt je me reprenais à ma détresse.

Je la revis.

Ce fut un soir, au printemps. J'avais passé quelques heures au théâtre del Duque, où le parfait Orejón jouait plusieurs rôles, et en sortant de là, par le silence de la nuit, je m'étais longtemps promené dans la Alameda spacieuse et déserte.

Je revenais seul, en fumant, par la calle Trajano, quand je m'entendis doucement appeler par mon nom, et un tremblement me saisit, car j'avais reconnu la voix.

« Don Mateo ! »

Je me retournai : il n'y avait personne. Pourtant, je ne rêvais pas encore...

« Concha ! criai-je. Concha ! où es-tu ?

- ¡ Chito ! voulez-vous bien vous taire. Vous allez réveiller maman. »

Elle me parlait du haut d'une fenêtre grillée, dont la pierre était à peu près à la hauteur de mes épaules. Et je la vis, en costume de nuit, les deux bras drapés par les coins d'un châle puce, accoudée sur le marbre derrière les barres de fer.

« Eh bien ! mon ami, c'est ainsi que vous m'avez traitée », continua-t-elle à voix basse.

Mais j'étais bien incapable de me défendre...

« Penche-toi, lui dis-je. Encore un peu, mon cœur. Je ne te vois pas dans cette ombre. Plus à gauche, où éclaire la lune. »

Elle y consentit en silence et je la regardai, avec une ivresse absolue, pendant un temps que je ne puis mesurer.

Je lui dis encore :

« Donne-moi ta main. »

Elle me la tendit à travers les barreaux, et sur les doigts, et dans la paume et le long du bras nu et chaud, je fis traîner mes lèvres... J'étais fou. Je n'y croyais pas. C'était sa peau, sa chair, son odeur ; c'était elle tout entière que je tenais là sous mon baiser, après combien de nuits d'insomnie !

Je lui dis encore :

« Donne-moi ta bouche. »

Mais elle secoua la tête et retira sa main.

« Plus tard. »

Oh ! ce mot ! que de fois je l'avais entendu déjà, et il revenait, dès la première rencontre, comme une barrière entre nous !

Je la pressai de questions. Qu'avait-elle fait ? Pourquoi ce départ précipité ? Si elle m'avait parlé, j'aurais obéi. Mais partir ainsi, après une simple lettre et si cruellement !

Elle me répondit :

« C'est de votre faute. »

J'en convins. Que n'aurais- je pas avoué ! Et je me taisais.

Pourtant je voulais savoir. Qu'était-elle devenue depuis de si longs mois ? D'où venait-elle ? Depuis quand était-elle dans cette maison grillée ?

« Nous sommes allées d'abord à Madrid, puis à Carabanchel où nous avons des parents. De là, nous sommes revenues ici, et me voilà.

- Vous habitez toute la maison ?

- Oui. Elle n'est pas grande, mais c'est encore beaucoup pour nous.

- Et comment avez-vous pu la louer ?

- Grâce à vous. Maman faisait des économies sur tout ce que vous lui donniez.

- Cela ne durera pas longtemps…

- Nous avons encore de quoi vivre ici honnêtement pendant un mois.

- Et après ?

- Après ? Est-ce que vous croyez sérieusement, mon ami, que je serai embarrassée ? »

Je ne répondis rien, mais je l'aurais tuée de tout mon cœur.

Elle reprit :

« Vous ne m'entendez pas. Si je veux rester ici, je saurai comment faire ; mais qui vous dit que j'y tienne tant ? L'année dernière, j'ai couché pendant trois semaines sous le rempart de la Macarena. Je demeurais la, par terre, presque au coin de la rue San-Luis, vous savez, à l'endroit où se tient le sereno ; c'est un brave homme : il n'aurait pas permis qu'on s'approchât de moi pendant mon sommeil et il ne m'est jamais rien arrivé, que des aventures en paroles. Je puis retourner là demain, je connais ma touffe d'herbe : on n'y est pas mal, croyez- moi. Dans le jour, je travaillerais à la Fábrica ou ailleurs. Je sais vendre des bananes, sans doute ? Je sais tricoter un châle, tresser des pompons de jupe, composer un bouquet, danser le flamenco et la sevillana. Allez, don Mateo, je me tirerai d'affaire ! »

Elle me parlait à voix basse et pourtant j'entendais sonner chacun de ses mots comme des paroles sinaïtiques dans la rue vide et pleine de lune. Je l'écoutais moins que je ne regardais bouger la double ligne de ses lèvres. Sa voix tintait dans un murmure clair comme un carillon de cloches de couvents.

Toujours accoudée, la main droite plongée dans ses cheveux lourds et la tête soutenue par les doigts, elle reprit avec un soupir :

« Mateo, je serai votre maîtresse après-demain. »

Je tremblais :

« Ce n'est pas sincère.

- Je vous le dis.

- Alors pourquoi si tard, ma vie ? Si tu consens, si tu m'aimes…

- Je vous ai toujours aimé.

- …Pourquoi pas à l'heure où nous sommes ? Vois comme les barreaux sont écartés du mur. Entre eux et la fenêtre, je passerais…

- Vous y passerez dimanche soir. Aujourd'hui, je suis plus noire de péchés qu'une gitane ; je ne veux pas devenir femme dans cet état de damnation : mon enfant serait maudit, si je suis grosse de vous. Demain, je dirai à mon confesseur tout ce que j'ai fait depuis huit jours et même ce que je ferai dans vos bras pour qu'il m'en donne l'absolution d'avance : c'est plus sûr. Le dimanche matin, je communierai à la grand-messe et quand j'aurai dans mon sein le corps de Notre-Seigneur, je lui demanderai d'être heureuse le soir et aimée le reste de ma vie. Ainsi soit-il ! »

Oui, je le sais bien. C'est une religion très particulière ; nos femmes d'Espagne n'en connaissent pas d'autre. Elles croient fermement que le Ciel a des indulgences inépuisables pour les amoureuses qui vont à la messe, et qu'au besoin il les favorise, garde leur lit, exalte leurs flancs pourvu qu'elles n'oublient pas de lui conter leurs chers secrets. Si elles avaient raison, pourtant ! que de chastetés pleureraient, durant la vie éternelle, une vie terrestre insignifiante.

« Allons, reprit Concha, quittez-moi, Mateo. Vous voyez bien que ma chambre est vide. Ne soyez à cause de moi, ni impatient, ni jaloux. Vous me trouverez là, mon amant, dimanche soir, tard dans la nuit ; mais vous allez me promettre auparavant que jamais vous ne parlerez à ma mère, et qu'au matin vous me quitterez avant l'heure où elle s'éveille. Ce n'est pas que je craigne d'être vue : je suis maîtresse de moi, vous le savez ; aussi je n'ai besoin de ses conseils, ni pour vous, ni contre vous. C'est un serment juré ?

- Comme il te plaira.

- C'est bien. Soyez lié par ceci. »

Et renversant la tête elle fit glisser entre les barreaux tous ses cheveux comme un ruisseau de parfums. Je les pris dans mes mains, je les pressai sur ma bouche, je me baignai le visage dans leur onde noire et chaude…

Puis ils s'échappèrent de mes doigts et elle ferma la fenêtre sonore.

OÙ LE LECTEUR COMMENCE À COMPRENDRE QUI EST LE PANTIN DE CETTE HISTOIRE

Deux matins, deux jours et deux nuits interminables succédèrent. J'étais heureux, souffrant, inquiet. Je crois bien que sur les sentiments contradictoires qui m'agitaient en même temps, la joie, une joie trouble et presque douloureuse, dominait.

Je puis dire que pendant ces quarante-huit heures, je me représentai cent fois « ce qui allait arriver », la scène, les paroles et jusqu'aux silences. Malgré moi, je jouais en pensée le rôle imminent qui m'attendait. Je me voyais, et elle dans mes bras. Et de quart d'heure en quart d'heure, la scène identique repassait, avec tous ses longs détails, dans mon imagination épuisée.

L'heure vint. Je marchais dans la rue, n'osant m'arrêter sous ses fenêtres de peur de la compromettre, et pourtant agacé en songeant qu'elle me regardait derrière les vitres et me laissait attendre dans une agitation étouffante.

« Mateo ! »

Elle m'appelait enfin.

J'avais quinze ans, Monsieur, à cet instant de ma vie. Derrière moi, vingt années d'amour s'évanouissaient comme un seul rêve. J'eus l'illusion absolue que pour la première fois j'allais coller mes lèvres aux lèvres d'une femme et sentir un jeune corps chaud plier et peser sur mon bras.

M'élevant d'un pied sur une borne et de l'autre sur les barreaux recourbés, j'entrai chez elle comme un amoureux de théâtre, et je l'étreignis.

Elle était debout le long de moi-même, elle s'abandonnait et se raidissait à la fois. Nos deux têtes jointes par la bouche se penchaient ensemble sur l'épaule en haletant des narines et en fermant les yeux. Jamais je ne compris aussi bien, dans le vertige, l'égarement, l'inconscience où je me trouvais, tout ce qu'on exprime de véritable en parlant de « l'ivresse du baiser ». Je ne savais plus qui nous étions ni rien de ce qui avait eu lieu, ni ce qu'il adviendrait de nous. Le présent était si intense que l'avenir et le passé disparaissaient en lui. Elle remuait ses lèvres avec les miennes, elle brûlait dans mes bras, et je sentais son petit ventre, à travers la jupe, me presser d'une caresse impudique et fervente.

« Je me sens mal, murmura-t-elle. Je t'en supplie, attends… Je crois que je vais tomber… Viens dans le patio avec moi, je m'étendrai sur la natte fraîche… Attends… Je t'aime… mais je suis presque évanouie. »

Je me dirigeai vers une porte.

« Non, pas celle-là. C'est la chambre de maman. Viens par ici. Je te guiderai. »

Un carré de ciel noir étoilé, où s'effilaient des nuées bleuâtres, dominait le patio blanc. Tout un étage brillait, éclairé par la lune, et le reste de la cour reposait dans une ombre confidentielle.

Concha s'étendit à l'orientale sur une natte. Je m'assis auprès d'elle et elle prit ma main.

« Mon ami, me dit-elle, m'aimerez-vous ?

- Tu le demandes !

- Combien de temps m'aimerez-vous ? »

Je redoute ces questions que posent toutes les femmes, et auxquelles on ne peut répondre que par les pires banalités.

« Et quand je serai moins jolie, m'aimerez-vous encore ? … Et quand je serai vieille, tout à fait vieille, m'aimerez-vous encore ? Dis-le moi, mon cœur. Quand même ce ne serait pas vrai, j'ai besoin que tu me le dises et que tu me donnes des forces. Tu vois je t'ai promis pour ce soir, mais je ne sais pas du tout si j'en aurai le courage… Je ne sais même pas si tu le mérites. Ah ! Sainte Mère de Dieu ! si je me trompais sur toi, il me semble que toute ma vie en serait perdue. Je ne suis pas de ces filles qui vont chez Juan et chez Miguel et de là chez Antonio. Après toi je n'en aimerai plus d'autre, et si tu me quittes je serai comme morte. »

Elle se mordit la lèvre avec une plainte oppressée, en fixant les yeux dans le vide, mais le mouvement de sa bouche s'acheva en sourire.

« J'ai grandi, depuis six mois. Déjà je ne peux plus agrafer mes corsages de l'été dernier. Ouvre celui-ci, tu verras comme je suis belle. »

Si je le lui avais demandé, elle ne l'eût sans doute pas permis, car je commençais à douter que cette nuit d'entretiens s'achevât jamais en nuit d'amour : mais je ne la touchais plus elle : se rapprocha.

Hélas ! les seins que je mis à nu en ouvrant ce corsage gonflé étaient des fruits de Terre promise. Qu'il en soit d'aussi beaux, c'est ce que je ne sais point. Eux-mêmes je ne les vis jamais comparables à leur forme de ce soir-là. Les seins sont des êtres vivants qui ont leur enfance et leur déclin. Je crois fermement que j'ai vu ceux-ci pendant leur éclair de perfection.

Elle, cependant, avait tiré du milieu d'eux un scapulaire de drap neuf et elle le baisait pieusement, en surveillant mon émotion du coin de son œil à demi fermé.

« Alors je vous plais ? »

Je la repris dans mes bras.

« Non, tout à l'heure.

- Qu'y a-t-il encore ?

- Je ne suis pas disposée, voilà tout. »

Et elle referma son corsage.

Vraiment je souffrais. Maintenant je la suppliais presque avec brusquerie, en luttant contre ses mains qui redevenaient protectrices. Je l'aurais chérie et malmenée à la fois. Son obstination à me séduire et à me repousser, ce manège qui durait depuis un an déjà et redoublait à la suprême minute où j'en attendais le dénouement, arrivait à exaspérer ma tendresse la plus patiente.

« Ma petite, lui dis-je, tu joues de moi, mais prends garde que je ne me lasse.

- C'est ainsi ? Eh bien, je ne vous aimerai même pas aujourd'hui, don Mateo. À demain.

- Je ne reviendrai plus.

- Vous reviendrez demain. »

Furieux, je remis mon chapeau et sortis, déterminé à ne plus la revoir.

Je tins ma résolution jusqu'à l'heure où je m'endormis, mais mon réveil fut lamentable.

Et quelle journée, je m'en souviens !

Malgré mon serment intérieur, je pris la route de Séville. J'étais attiré vers elle par une invincible puissance ; je crus que ma volonté avait cessé d'être ; je ne pouvais plus décider de la direction de mes pas.

Pendant trois heures de fièvre et de lutte avec moi-même, j'errai dans la calle Amor de Dios, derrière la rue où demeurait Concha, toujours sur le point de parcourir les vingt pas qui me séparaient d'elle… Enfin je l'emportai, je partis presque en courant dans la campagne et je ne frappai point à la fenêtre adorée, mais quel misérable triomphe !

Le lendemain, elle était chez moi.

« Puisque vous n'avez pas voulu venir, c'est moi qui viens à vous, me dit-elle. Direz-vous encore que je ne vous aime point ? »

Monsieur, je me serais jeté à ses pieds.

« Vite, montrez-moi votre chambre, ajouta-t-elle. Je ne veux pas que vous m'accusiez de nonchalance, aujourd'hui. Croyez-vous que je ne sois pas impatiente, moi aussi ? Vous seriez bien surpris si vous saviez ce que je pense. »

Mais dès qu'elle fut entrée, elle se reprit :

« Non, au fait, pas celle-ci. Il y a eu trop de femmes dans ce vilain lit. Ce n'est pas la chambre qu'il faut à une mozita Prenons-en une autre, une chambre d'amis, qui ne soit à personne. Voulez-vous ? »

C'était encore une heure d'attente. Il fallait ouvrir les fenêtres, mettre des draps, balayer…

Enfin tout fut prêt, et nous montâmes.

Dire que j'étais cette fois assuré de réussir, je ne l'oserais ; mais enfin j'avais des espérances. Chez moi, seule, sans protection contre mon sentiment si connu d'elle, il me semblait improbable qu'elle se fût risquée avant d'avoir fait en pensée le sacrifice qu'elle prétendait m'offrir…

Dès que nous fûmes seuls, elle défit sa mantille, qui était attachée avec quatorze épingles à ses cheveux et à son corsage, puis, très simplement, elle se déshabilla. J'avoue qu'au lieu de l'aider, je retardais plutôt ce long travail, et que vingt fois je l'interrompis pour poser mes lèvres sur ses bras nus, ses épaules rondes, ses seins fermes, sa nuque brune. Je regardais son corps apparaître de place en place, aux limites du linge, et je me persuadais que cette jeune peau rebelle allait enfin se livrer.

« Eh bien ? ai-je tenu ma promesse ? dit-elle, en serrant sa chemise à la taille, comme pour mouler son corps souple. Fermez les jalousies, il fait une lumière odieuse dans cette chambre. »

J'obéis, et pendant ce temps elle se coucha silencieusement dans le lit profond. Je la voyais à travers la moustiquaire blanche comme une apparition de théâtre derrière un rideau de gaze…

Que vous dirai-je, Monsieur ? Vous avez deviné que cette fois encore je fus ridicule et joué. Je vous ai dit que cette fille était la pire des femmes et que ses inventions cruelles dépassaient toutes les bornes ; mais jusqu'ici vous ne la connaissez pas encore. C'est maintenant seulement qu'en suivant mon récit vous allez, de scène en scène, savoir qui est Concha Perez.

Ainsi, elle était venue chez moi, pour s'abandonner, disait-elle. Ses paroles d'amour et ses engagements, vous les avez entendus. Jusqu'au dernier moment, elle se tint en amoureuse vierge qui va connaître la joie, presque en jeune mariée qui se livre à un époux ; jeune mariée sans ignorances, je le veux bien, mais pourtant émue et grave.

Eh bien, en s'habillant chez elle, cette petite misérable s'était accoutrée d'un caleçon, taillé dans une sorte de toile à voile si raide et si forte, qu'une corne de taureau ne l'aurait pas fendue, et qui se serrait à la ceinture ainsi qu'au milieu des cuisses par des lacets d'une résistance et d'une complication inattaquables. Et voilà ce que je découvris au milieu de mon ardeur la plus éperdue, tandis que la scélérate m'expliquait sans se troubler :

« Je serai folle jusqu'où Dieu voudra, mais pas jusqu'où le voudront les hommes ! »

Je doutai un instant si je l'étranglerais, puis - vraiment, je vous l'avoue, je n'en ai pas de honte - mon visage en larmes tomba dans mes mains.

Ce que je pleurais, Monsieur, c'était ma jeunesse à moi, dont cette enfant venait de me prouver l'irréparable effondrement. Entre vingt-deux et trente-cinq ans, il est des avanies que tous les hommes évitent. Je ne pouvais pas croire que Concha m'eût ainsi traité si j'avais eu dix ans de moins. Ce caleçon, cette barrière entre l'amour et moi, il me semblait que dorénavant je le verrais à toutes les femmes, ou que du moins elles voudraient l'avoir avant d'approcher de mon étreinte.

« Pars, lui dis-je. J'ai compris. »

Mais elle s'alarma tout à coup, et m'enveloppant à son tour de ses deux petits bras vigoureux que je repoussais avec peine, elle me dit en cherchant ma bouche :

« Mon cœur, tu ne saurais donc aimer tout ce que je te donne de moi-même ? Tu as mes seins, tu as mes lèvres, mes jambes brûlantes, mes cheveux odorants, tout mon corps dans tes embrassements et ma langue dans mon baiser. Ce n'est donc pas assez tout cela ? Alors ce n'est pas moi que tu aimes, mais seulement ce que je te refuse ? Toutes les femmes peuvent le donner, pourquoi me le demandes-tu, à moi qui résiste ? Est-ce parce que tu me sais vierge ? Il y en a d'autres, même à Séville. Je te le jure. Mateo. j'en connais. Alma mia ! sangre mia ! aime-moi comme je veux être aimée, peu à peu, et prends patience. Tu sais que je suis à toi, et que je me garde pour toi seul. Que veux-tu de plus. mon cœur ? »

Il fut convenu que nous nous verrions chez elle ou chez moi, et que tout serait fait selon sa volonté. En échange d'une promesse de ma part, elle consentit à ne plus remettre son affreuse cuirasse de toile : mais ce fut tout ce que j'obtins d'elle : et encore la première nuit où elle ne la porta point, il me sembla que ma torture en était encore avivée.

Voici donc le degré de servitude où cette enfant m'avait amené. (Je passe sur les perpétuelles demandes d'argent qui interrompaient sa conversation et auxquelles je cédais toujours ; - même en laissant cela de côté, la nature de nos relations est d'un intérêt particulier.) Je tenais donc chaque nuit dans mes bras le corps nu d'une fille de quinze ans, sans doute élevée chez les sœurs, mais d'une condition et d'une qualité d'âme qui excluaient toute idée de vertu corporelle - et cette fille, d'ailleurs aussi ardente et aussi passionnée qu'on pouvait le souhaiter, se comportait à mon égard comme si la nature elle-même l'avait empêchée à jamais d'assouvir ses convoitises.

D'excuse valable à une pareille comédie aucune n'était donnée, aucune n'existait. Vous en devinerez vous-même la raisons par la suite. Et moi, je supportais qu'on me bernât ainsi.

Car ne vous y trompez pas, jeune Français, lecteur de romans et acteur peut-être d'intrigues particulières avec les demi-virginités des villes d'eaux, nos Andalouses n'ont ni le goût, ni l'intuition de l'amour artificiel. Ce sont d'admirables amantes, mais qui ont des sens trop aigus pour supporter sans frénésie les trilles d'une chanterelle superflue. Entre Concha et moi, il ne se passait rien, mais rien, comprenez ce que veut dire rien. Et cela dura deux semaines entières.

Le quinzième jour, comme elle avait reçu de moi la veille une somme de mille douros pour payer les dettes de sa mère, je trouvai la maison vide.

OÙ CONCHA FEREZ SUBIT SA TROISIÈME MÉTAMORPHOSE

C'était trop.

Désormais, je voyais clair dans cette petite âme de rouée. J'avais été mystifié comme un collégien et j'en restais confus encore plus qu'affligé.

Rayant de ma vie passée la perfide enfant, je fis effort pour l'oublier du jour au lendemain, par un coup de volonté, une de ces intentions paradoxales dont les femmes escomptent toujours le fatal avortement.

Je partis pour Madrid décidé à me prendre pour maîtresse, au hasard, la première jeune femme qui attirerait mes yeux.

C'est le stratagème classique, celui que tout le monde invente et qui ne réussit jamais.

Je cherchai de salon en salon, puis de théâtre en théâtre et je finis par rencontrer une danseuse italienne, grande fille aux jambes musclées qui aurait été une fort jolie bête dans les boxes d'un harem, mais qui ne suffisait sans doute point aux qualités qu'on attend d'une amie unique et intime.

Elle fit de son mieux : elle était affectueuse et facile. Elle m'apprit des vices de de Naples dont je n'avais nulle habitude et qui lui plaisaient plus qu'à moi. Je vis qu'elle s'ingéniait à me garder auprès d'elle, et que le souci de son existence matérielle n'était pas le seul motif de ce zèle tendre et ardent.

Hélas ! que n'ai-je pu l'aimer ! Je n'avais aucun reproche à lui faire. Elle n'était ni infidèle ni importune. Elle ne paraissait pas connaître mes défauts. Elle ne me brouillait pas avec mes amis. Enfin, ses jalousies, toutes fréquentes qu'elles fussent, se laissaient deviner et ne s'exprimaient point. C'était une femme inappréciable.

Mais je n'éprouvais rien pour elle.

Pendant deux mois je m'astreignis à vivre sous le même toit que Giulia, dans son air, dans sa chambre de la maison que j'avais louée pour nous deux au bout de la rue Lope de Vega. Elle entrait, passait, marchait devant moi, je ne la suivais pas des yeux. Ses jupons, ses maillots de danseuse, ses pantalons et ses chemises traînaient sur tous les divans : je n'étais même pas atteint par leur influence. Pendant soixante nuits, je vis son corps brun allongé près du mien dans une couche trop chaude, où j'imaginais une autre présence dès que la lumière s'éteignait... Puis je me sauvai, désespérant de moi-même.

Je revins à Séville. Ma maison me parut mortuaire. Je partis pour Grenade, où je m'ennuyai ; pour Cordoue, torride et déserte ; pour l'éclatante Jérez, toute pleine de l'odeur de ses celliers à vin ; pour Cadiz, oasis de maisons dans la mer.

Le long de ce trajet, Monsieur, j'étais guidé de ville en ville, non pas par ma fantaisie, mais par une fascination irrésistible et lointaine dont je ne doute pas plus que de l'existence de Dieu. Quatre fois, dans la vaste Espagne, j'ai rencontré Concha Perez. Ce n'est pas une suite de hasards : je ne crois pas à ces coups de dés qui régiraient les destinées. Il fallait que cette femme me reprît sous sa main, et que je visse passer sur ma vie tout ce que vous allez entendre.

Et en effet tout s'accomplit

Ce fut à Cadiz.

J'entrai un soir dans le Baile de là-bas. Elle y était. Elle dansait, Monsieur, devant trente pêcheurs, autant de matelots, et quelques étrangers stupides.

Dès que je la vis, je me mis à trembler. Je devais être pale comme la terre ; je n'avais plus ni souffle, ni force. Le premier banc, près de la porte, fut celui où je m'assis, et, les coudes sur la table, je la contemplais de loin comme une ressuscitée.

Elle dansait toujours, haletante, échauffée, la face pourpre et les seins fous, en secouant à chaque main des castagnettes assourdissantes. Je suis certain qu'elle m'avait vu, mais elle ne me regardait pas. Elle achevait son boléro dans un mouvement de passion furieuse, et les provocations de sa jambe et de son torse visaient quelqu'un au hasard dans la foule des spectateurs.

Brusquement, elle s'arrêta, au milieu d'une grande clameur.

« ¡ Qué guapa ! criaient les hommes. ¡ Olé ! Chiquilla ! Olé ! Olé ! Otra vez ! »

Et les chapeaux volaient sur la scène, toute la salle était debout. Elle saluait, encore essoufflée, avec un petit sourire de triomphe et de mépris.

Selon l'usage, elle descendit au milieu des buveurs pour s'attabler en quelque endroit, pendant qu'une autre danseuse lui succédait devant la rampe. Et, sachant qu'il y avait là, dans un coin de la salle, un être qui l'adorait, qui se serait mis sous ses pieds devant la terre entière et qui souffrait à crier, elle alla de table en table, et de bras en bras, sous ses yeux.

Tous la connaissaient par son nom. J'entendais des « Conchita ! » qui faisaient passer des frissons depuis mes orteils jusqu'à ma nuque. On lui donnait à boire ; on touchait ses bras nus ; elle mit dans ses cheveux une fleur rouge qu'un marin allemand lui donna, elle tira la tresse de cheveux d'un banderillero qui fit des pitreries ; elle feignit la volupté devant un jeune fat assis avec des femmes, et caressa la joue d'un homme que j'aurais tué.

Des gestes qu'elle fit pendant cette manœuvre atroce qui dura cinquante minutes, pas un seul n'est sorti de ma mémoire.

Ce sont des souvenirs comme ceux-là qui peuplent le passé d'une existence humaine.

Elle visita ma table après toutes les autres parce que j'étais au fond de la salle, mais elle y vint. Confuse ? ou jouant la surprise ? oh ! nullement ! vous ne la connaissez pas. Elle s'assit en face de moi, frappa dans ses mains pour attirer le garçon et cria :

« Tonio ! une tasse de café ! »

Puis, avec une tranquillité exquise, elle supporta mon regard.

Je lui dis, d'une voix très basse :

« Tu n'as donc peur de rien, Concha ? Tu n'as pas peur de mourir ?

- Non ! et d'abord ce n'est pas vous qui me tuerez.

- Tu m'en défies ?

- Ici même, et où vous voudrez. Je vous connais, don Mateo, comme si je vous avais porté neuf mois. Vous ne toucherez jamais à un cheveu de ma tête, et vous avez raison. car je ne vous aime plus.

- Tu oses dire que tu m'as aimé ?

- Croyez ce qu'il vous plaira. Vous êtes seul coupable. »

C'était elle qui me faisait des reproches. J'aurais du m'attendre à cette comédie.

« Deux fois, repris-je, deux fois tu m'as fait cela ! Ce que je te donnais du fond de mon cœur, tu l'as reçu comme une voleuse, et tu es partie, sans un mot, sans une lettre, sans même avoir chargé personne de me porter ton adieu. Qu'ai-je fait pour que tu me traites ainsi ? »

Et je répétais entre mes dents :

« Misérable ! Misérable ! »

Mais elle avait son excuse :

« Ce que vous avez fait ? Vous m'avez trompée. N'aviez-vous pas juré que j'étais en sûreté dans vos bras et que vous me laisseriez choisir la nuit et l'heure de mon péché ? La dernière fois, ne vous souvenez-vous plus ? Vous croyiez que je dormais, vous croyiez que je ne sentais rien. J'étais éveillée, Mateo, et j'ai compris que si je passais encore une nuit à vos côtés, je ne m'endormirais pas sans me livrer à vous par surprise. Et c'est pour cela que je me suis enfuie. »

C'était insensé. Je haussai les épaules.

« Ainsi, voilà ce que tu me reproches, lui dis-je, quand je vois ici la vie que tu mènes et les hommes qui passent dans ton lit ? »

Elle se leva, furieuse.

« Cela n'est pas vrai ! Je vous défends de dire cela, don Mateo ! Je vous jure sur la tombe de mon père que je suis vierge comme une enfant, - et aussi que je vous déteste, parce que vous en avez douté ! »

Je restai seul. Après quelques instants, je partis, moi aussi.

X. Où Mateo se trouve assister à un spectacle inattendu

Toute la nuit j'errai sur les remparts. L'intarissable vent de la mer douchait ma fièvre et ma lâcheté. Oui, je m'étais senti lâche devant cette femme. Je n'avais que des rougissements en songeant à elle et à moi ; je me disais en moi-même les pires outrages qu'on puisse adresser à un homme. Et je devinais que le lendemain je n'aurais pas cessé de les mériter.

Après ce qui s'était passé, je n'avais que trois partis à prendre : la quitter, la forcer, ou la tuer.

Je pris le quatrième, qui était de la subir.

Chaque soir, je revenais à ma place, comme un enfant soumis, la regarder et l'attendre.

Elle s'était peu à peu adoucie. Je veux dire qu'elle ne m'en voulait plus de tout le mal qu'elle m'avait fait. Derrière la scène, s'ouvrait une grande salle blanche où attendaient, en somnolant, les mères et les sœurs des danseuses ; Concha me permettait de me tenir là, par une faveur particulière que chacune de ces jeunes filles pouvait accorder à son amant de cœur. Jolie société, vous le voyez.

Les heures que j'ai passées là comptent parmi les plus lamentables. Vous me connaissez : vraiment je n'avais jamais mené cette vie de bas cabaret et de coudes sur la table. Je me faisais horreur.

La señora Perez était là, comme les autres. Elle semblait ne rien connaître de ce qui avait eu lieu calle Trajano. Mentait-elle aussi ? je ne m'en inquiétais même pas. J'écoutais ses confidences, je payais son eau-de-vie... Ne parlons plus de cela, voulez-vous ?

Mes seuls instants de joie m'étaient donnés par les quatre danses de Concha. Alors, je me tenais dans la porte ouverte par où elle entrait en scène et pendant les rares mouvements où elle tournait le dos au public j'avais l'illusion passagère qu'elle dansait de face pour moi seul.

Son triomphe était le flamenco. Quelle danse, Monsieur ! quelle tragédie ! C'est toute la passion en trois actes : désir, séduction, jouissance. Jamais œuvre dramatique n'exprima l'amour féminin avec l'intensité, la grâce et la furie de trois scènes l'une après l'autre. Concha y était incomparable. Comprenez-vous bien le drame qui s'y joue ? À qui ne l'a pas vu mille fois j'aurais encore à l'expliquer. On dit qu'il faut huit ans pour former une flamenca, ce qui veut dire qu'avec la précoce maturité de nos femmes, à l'âge où elles savent danser elles ne sont déjà plus belles. Mais Concha était née flamenca ; elle n'avait pas l'expérience, elle avait la divination. Vous savez comment on le danse à Séville. Nos meilleures bailarinas, vous les connaissez ; aucune n'est parfaite, car cette danse épuisante (douze minutes ! trouvez donc une danseuse d'Opéra qui accepte une variation de douze minutes !) voit se succéder en elle trois rôles que rien ne relie : l'amoureuse, l'ingénue et la tragédienne. Il faut avoir seize ans pour mimer la seconde partie, où maintenant Lola Sanchez réalise des merveilles de gestes sinueux et d'attitudes légères. Il faut avoir trente ans pour jouer la fin du drame, où la Rubia, malgré ses rides, est encore, chaque soir, excellente.

Conchita est la seule femme que j'aie vue égale à elle-même pendant toute cette terrible tâche.

Je la vois toujours, avançant et reculant d'un petit pas balancé, regarder de côté sous sa manche levée, puis baisser lentement, avec un mouvement de torse et de hanches, son bras au-dessus duquel émergeaient deux yeux noirs. Je la vois délicate ou ardente, les yeux spirituels ou baignés de langueur, frappant du talon les planches de la scène, ou faisant crépiter ses doigts à l'extrémité du geste, comme pour donner le cri de la vie à chacun de ses bras onduleux.

Je la vois : elle sortait de scène dans un état d'excitation et de lassitude qui la faisait encore plus belle. Son visage empourpré était couvert de sueur, mais ses yeux brillants, ses lèvres tremblantes, sa jeune poitrine agitée, tout donnait à son buste une expression d'exubérance et de jeunesse vivace : elle était resplendissante.

Pendant un mois, il en fut ainsi de nos relations. Elle tolérait dans l'arrière-boutique de son estrade théâtrale. Je n'avais pas même le droit de l'accompagner à sa porte, et je ne gardais ma place auprès d'elle qu'à la condition de ne lui faire aucun reproche, ni sur le passé, ni sur le présent. Quant à l'avenir, j'ignore ce qu'elle en pensait ; pour moi, je n'avais nulle idée d'une solution quelconque à cette aventure pitoyable.

Je savais vaguement qu'elle habitait avec sa mère - dans l'unique faubourg de la ville, près de la plaza de Toros, - une grande maison blanche et verte qui abritait aussi les familles de six autres bailarinas. Ce qui se passait dans une telle cité de femmes, je n'osais l'imaginer. Et pourtant, nos danseuses mènent une vie bien réglée : de huit heures du soir à cinq heures du matin elles sont en scène ; elles rentrent exténuées à l'aube, elles dorment, souvent toutes seules, jusqu'au milieu de l'après-midi. Il n'y a guère que la fin du jour dont elles pourraient abuser ; encore la crainte d'une grossesse ruineuse retient-elle ces pauvres filles, qui d'ailleurs ne se résoudraient pas tous les soirs à augmenter par d'autres fatigues les efforts d'une pénible nuit.

Toutefois, je n'y songeais pas sans inquiétude. Deux des amies de Concha, deux sœurs, avaient un frère plus jeune qui vivait dans leur chambre ou dans celles des voisines et excitait des jalousies dont je fus témoin plusieurs fois.

On l'appelait le Morenito. J'ai toujours ignoré son vrai nom. Concha l'appelait à notre table, le nourrissait à mes frais et me prenait des cigarettes qu'elle lui mettait entre les lèvres.

À tous mes mouvements d'impatience, elle répondait par des haussements d'épaules, ou par des phrases glaciales qui me faisaient souffrir davantage.

« Le Morenito est à tout le monde. Si je prenais un amant, il serait à moi comme ma bague et tu le saurais, Mateo. »

Je me taisais. D'ailleurs les bruits qui couraient sur la vie privée de Concha la représentaient comme inattaquable, et j'avais trop le désir de la croire telle pour ne pas accepter de confiance même des rumeurs sans fondement. Aucun homme ne l'approchait avec le regard si particulier de l'amant qui retrouve en public sa femme de la nuit précédente. J'eus des querelles à son propos, avec des prétendants que je gênais sans doute, mais jamais avec personne qui se vantât de l'avoir connue. Plusieurs fois, j'essayai de faire parler ses amies. On me répondait toujours : « Elle est mozita. Et elle a bien raison. »

De rapprochement avec moi, il n'était même pas question. Elle ne demandait rien. Elle ne m'accordait rien. Si joyeuse autrefois, elle était devenue grave et ne parlait presque plus. Que pensait-elle ? Qu'attendait-elle de moi ? C'eût été peine perdue que de lire dans son regard. Je ne voyais pas plus clair dans cette petite âme que dans les yeux impénétrables d'un chat.

Une nuit, sur un signe de la directrice, elle quitta la scène avec trois autres danseuses, et monta au premier étage, pour faire une sieste, me dit-elle. Elle avait souvent de ces absences d'une heure, dont je ne prenais pas ombrage, car toute menteuse et fausse qu'elle fût, je croyais ses moindres paroles.

« Quand nous avons bien dansé, m'expliquait-elle, on nous fait un peu dormir, sans cela, nous aurions des rêves sur la scène. »

Elle était donc montée cette fois encore, et pour respirer un air plus pur, j'avais quitté la salle pendant une demi-heure.

En rentrant, je rencontrai dans le couloir une danseuse un peu simple d'esprit et, cette nuit-là, un peu grise, qu'on surnommait la Gallega.

« Tu reviens trop tôt, me dit-elle.

- Pourquoi ?

- Conchita est toujours là-haut.

- J'attendrai qu'elle s'éveille. Laisse-moi passer. »

Elle paraissait ne pas comprendre.

« Qu'elle s'éveille ?

- Eh bien oui, qu'as-tu ?

- Mais elle ne dort pas.

- Elle m'a dit…

- Elle t'a dit qu'elle allait dormir ? Ah ! bien ! »

Elle voulait se contenir. Mais quoi qu'elle en eût, et malgré ses lèvres pincées avec effort, le rire éclata dans sa bouche.

J'étais devenu blême.

« Où est-elle ? dis-le-moi immédiatement ! criai-je en lui prenant le bras.

- Ne me faites pas de mal, caballero. Elle montre son nombril à des Inglés. Dieu sait que ça n'est pas ma faute. Si j'avais su, je ne vous aurais rien dit. Je ne veux me brouiller avec personne. je suis bonne fille, caballero. »

Le croirez-vous ? Je restai impassible. Seulement un grand froid m'envahit, comme si une haleine de cave s'était glissée entre mes vêtements et moi ; mais ma voix n'était pas tremblante.

« Gallesga, lui dis-je. conduis-moi là-haut. »

Elle secoua la tête.

Je repris :

« On ne saura pas que te m'as parlé. Fais vite… C'est ma novia, tu comprends… J'ai le droit de monter… Conduis-moi. »

Et je lui mis un napoléon dans la main.

Un instant après, j'étais seul, sur le balcon d'une cour intérieure, et par la porte-fenêtre je voyais, Monsieur, une scène d'enfer.

Il y avait là une seconde salle de danse, plus petite, très éclairée, avec une estrade et deux guitaristes. Au milieu, Conchita nue et trois autres nudités quelconques de femmes, dansaient une jota forcenée devant deux Anglais assis au fond. J'ai dit nue, elle était plus que nue. Des bas noirs, longs comme des jambes de maillot, montaient tout en haut de ses cuisses, et elle portait aux pieds de petits souliers sonores qui claquaient sur le parquet. Je n osai par interromre. J'avais peur de la tuer.

Hélas ! mon Dieu ! jamais je ne l'ai vue si belle ! Il ne s'agissait plus de ses yeux ni de ses doigts : tout son corps était expressif comme un visage, plus qu'un visage, et sa tête enveloppée de cheveux se couchait sur l'épaule comme une chose inutile. Il y avait des sourires dans le pli de sa hanche, des rougissements de joue au tournant de ses flancs ; sa poitrine semblait regarder en avant par deux grands yeux fixes et noirs. Jamais je ne l'ai vue si belle : les faux plis de la robe altèrent l'expression de la danseuse et font dévier à contresens la ligne extérieure de sa grâce ; mais là, par une révélation, je voyais les gestes, les frissons, les mouvements des bras, des jambes, du corps souple et des reins musclés naître indéfiniment d'une source visible : le centre même de la danse, son petit ventre noir et brun.

…J'enfonçai la porte.

La regarder dix secondes et me jurer que je ne l'assassinerais pas, c'était tout ce que ma volonté avait pu faire. Et maintenant rien ne ne retiendrait plus.

Des cris perçants m'accueillirent. J'allai droit à Concha et je lui dis d'une voix brève :

« Suis-moi. Ne crains rien. Je ne te ferai pas de mal. Mais viens à l'instant, ou prends garde ! »

Ah ! non ! elle ne craignait rien ! Elle s'était adossée au mur, et là, étendant les bras de chaque côté :

« Pas plus que le Christ ne partit de la croix, moi je ne partirai d'ici ! cria-t-elle, et tu ne me toucheras pas parce que je te défends d'avancer plus loin que la chaise. Laissez-moi, Madame. Descendez, vous, les autres. Je n'ai besoin de personne, je me charge de lui ! »

COMMENT TOUT PARAÎT S'EXPLIQUER

On nous laissa. Les Anglais avaient disparu les premiers.

Monsieur, jusqu'à cette heure-là, j'aurais traité de misérable un homme, n'importe lequel, dont on m'aurait dit qu'il eût frappé une femme. Et pourtant je ne sais par quel ascendant sur moi-même je parvins à me contenir en face de celle-ci. Mes doigts s'ouvraient et se refermaient, comme pour étrangler un cou. Une lutte épuisante se livrait en moi entre ma colère et ma volonté.

Ah ! c'est bien le signe suprême de la toute-puissance féminine, que cette immunité dont nous les cuirassons. Une femme vous insulte à la face, elle vous outrage : saluez. Elle vous frappe : protégez-vous, mais évitez qu'elle se blesse. Elle vous ruine : laissez-la faire. Elle vous trompe : n'en révélez rien, de peur de la compromettre. Elle brise votre vie : tuez-vous s'il vous plaît ! - Mais que jamais, par votre faute, la plus fugitive souffrance ne vienne endolorir la peau de ces êtres exquis et féroces pour qui la volupté du mal surpasse presque celle de la chair.

Les Orientaux ne les ménagent pas comme nous, eux qui sont les grands voluptueux. Ils leur ont coupé les griffes afin que leurs yeux fussent plus doux. Ils maîtrisent leur malveillance pour mieux déchaîner leur sensualité. Je les admire.

Mais pour moi, Concha demeurait invulnérable.

Je n'approchai point. Je lui parlais à trois pas. Elle était toujours debout le long du mur, les mains croisées derrière le dos, la poitrine bombée et les pieds réunis, toute droite sur ses longs bas noirs, comme une fleur dans un vase fin.

« Eh bien ! commençai-je, qu'as-tu à me dire ? Voyons, invente ! défends-toi ! mens encore ; tu mens si bien !

- Ah ! voilà qui est superbe ! s'écria-t-elle. C'est moi qu'il accuse ! Il entre ici comme un voleur, par la fenêtre, en brisant tout, il me menace, il trouble ma danse, il fait partir mes amis…

- Tais-toi !

-…Il va peut-être me faire chasser d'ici, et c'est à moi, maintenant, de répondre ! c'est moi qui ai fait le mal, n'est-ce pas ? Cette scène ridicule, c'est moi qui la cherche ! Tiens, laisse-moi, tu es trop bête ! »

Et comme, après sa danse mouvementée, des perles de sueur naissaient en mille endroits de sa peau brillante, elle prit dans un buffet une serviette-éponge, et se frictionna du ventre à la tête comme si elle sortait du bain.

« Ainsi, repris-je, voilà ce que tu faisais dans la maison même où je te vois ! Et voilà ton métier ! Voilà la femme que j'aime !

- N'est-ce pas, tu n'en savais rien, innocent ?

- Moi ?

- Mais non. C'est bien cela. Tous les Espagnols le répètent ; on le sait à Paris et à Buenos-Ayres ; des enfants de douze ans à Madrid vous disent que les femmes dansent toutes nues dans le premier bal de Cadiz. Mais toi, tu veux me faire croire qu'on ne t'avait rien dit, toi qui n'es pas marié, toi qui as quarante ans !

- J'avais oublié.

- Il avait oublié ! Il vient ici depuis deux mois, il me voit monter quatre fois par semaine à la petite salle…

- Tais-toi, Concha, tu me fais mal affreusement.

- À ton tour, donc ! Je me vengerai, Mateo, de ce que tu m'as fait ce soir, car tu agis méchamment, par une jalousie stupide, et je me demande de quel droit ! Car enfin qui es-tu pour me traiter ainsi ? Es-tu mon père ? non ! Es-tu mon mari ? non ! Es-tu mon amant… ?

- Oui ! je suis ton amant ! je le suis !

- Vraiment ! tu te contentes de peu ! »

Elle éclata de rire.

J'avais pâli de nouveau.

« Concha, mon enfant, dis-moi, parle-moi, tu en as un autre ? Si tu es à quelqu'un, Je te jure que je te quitte. Tu n'as qu'un mot à dire.

- Je suis à moi, et je me garde. Je n'ai rien de plus précieux que moi, Mateo. Personne n'est assez riche pour m'acheter à moi-même.

- Mais ces hommes, ces deux hommes qui étaient là tout à l'heure…

- Quoi encore ? Est-ce que je les connais ?

- C'est bien vrai ? Tu ne les connais pas ?

- Mais non, je ne les connais pas ! Où veux-tu que je les aie vus ? Ce sont des Inglés qui sont venus avec un guide d'hôtel. Ils partent demain pour Tanger. Je ne me suis guère compromise, mon ami.

- Et ici ? ici même ?

- Voyons, regarde : est-ce une chambre ? cherche dans toute la maison : y a-t-il un lit ? Enfin tu les as vus, Mateo. Ils étaient habillés comme des mannequins, le chapeau sur la tête et le menton sur la canne. Tu es fou, je te le dis, tu es fou de faire un scandale pareil quand je n'ai pas un reproche à recevoir de toi. »

Elle se serait défendue plus mal encore, je crois que je l'aurais justifiée. J'avais un tel besoin de pardon ! Je ne craignais que de la voir avouer.

Une dernière question me torturait d'avance.

Je la posai tout tremblant :

« Et le Morenito ? … Concha, dis-moi la vérité. Cette fois, je veux savoir. Jure-moi que tu ne me cacheras rien, que tu me diras tout s'il y a quelque chose. Je t'en supplie, ma petite enfant !

- Le Morenito ? Il était dans mon lit ce matin. »

Je restai un moment sans conscience, puis mes bras se refermèrent sur elle, et je l'étreignis ne sachant moi-même si je voulais l'étouffer, ou la ravir à quelqu'un d'imaginaire.

Elle le comprit, et tout en riant, elle s'écria :

« Lâche-moi ! lâche-moi, Mateo. Tu es dangereux pour une minute. Tu me prendrais de force dans un accès de jalousie. Bien. Maintenant, reste où tu es ! Je vais t'expliquer… Mon pauvre ami, il n'y a pas de quoi trembler comme tu le fais, je t'assure.

- Tu crois ?

- Le Morenito habite avec ses deux sœurs. Mercédès et la Pipa. Elles sont pauvres ; pour elles et leur frère, il n'y a qu'un lit, et qui n'est pas large. Aussi depuis qu'il fait si chaud, elles aiment mieux dormir moins serrées, après leurs huit heures de danse, et elles envoient le petit aux voisines. Cette semaine, maman fait l'Adoration perpétuelle à la paroisse ; elle n'est pas là quand je suis au lit ; alors Mercédès m'a demandé si j'avais une place pour son frère et je lui ai répondu oui. Je ne vois pas ce qui peut t'inquiéter. »

Je la regardais sans répondre.

« Oh ! reprit-elle, si c'est encore cela, sois tranquille ! Je ne lui cède pas plus que ses sœurs, tu sais. Crois-m'en sur parole. C'est à peine s'il m'embrasse quatre ou cinq fois avant de dormir, et puis je lui tourne le dos, comme si nous étions mariés. »

Elle tira son bas sur sa cuisse droite et ajouta sans se hâter :

« Comme si j'étais avec toi. »

L'inconscience, la hardiesse ou la rouerie de cette femme, car je ne savais à quoi m'en tenir, achevaient d'égarer tous mes sentiments, hors celui de la souffrance morale. J'étais encore plus malheureux qu'irrésolu : mais malheureux à pleurer.

Je la pris sur mes genoux, très doucement. Elle se laissa faire.

« Mon enfant, lui dis-je, écoute-moi. Je ne peux plus vivre ainsi que je fais depuis un an à ton caprice. Il faut que tu me parles en toute franchise et peut-être pour la dernière fois. Je souffre abominablement. Si tu restes encore un jour dans ce bal et dans cette ville, tu ne me reverras plus jamais.

Est-ce cela que tu veux, Conchita ? »

Elle répondit, et d'un ton si nouveau qu'il me semblait entendre une autre femme :

« Don Mateo, vous ne m'avez jamais comprise. Vous avez cru que vous me poursuiviez et que je me refusais à vous, quand au contraire c'est moi qui vous aime et qui vous veux pour toute ma vie. Souvenez-vous de la Fábrica. Est-ce vous qui m'avez abordée ? Est-ce vous qui m'avez emmenée ? Non. C'est moi qui ai couru après vous dans la rue, qui vous ai entraîné chez ma mère, et retenu presque de force tant j'avais peur de vous perdre. Et le lendemain… vous rappelez-vous aussi ? Vous êtes entré. J'étais seule. Vous ne m'avez même pas embrassée. Je vous vois encore, dans le fauteuil, le dos tourné à la fenêtre… Je me suis jetée sur vous, j'ai pris votre tête avec mes mains, votre bouche avec ma bouche et, - je ne vous l'avais jamais dit, - mais j'étais toute jeune alors et c'est pendant ce baiser, Mateo, que j'ai senti fondre en moi le plaisir pour la première fois de ma vie… J'étais sur vos genoux, comme maintenant… »

Je la serrai dans mes bras, brisé d'émotion. Elle m'avait reconquis en deux mots. Elle jouait de moi comme elle voulait.

« Je n'ai jamais aimé que vous, poursuivit-elle, depuis cette nuit de décembre où je vous ai vu en chemin de fer, comme je venais de quitter mon couvent d'Avila. Je vous aimais d'abord parce que vous êtes beau. Vous avez des yeux si brillants et si tendres qu'il me semblait que toutes les femmes avaient dû en être amoureuses. Si vous saviez combien de nuits j'ai pensé à ces yeux-là. Mais ensuite je vous ai aimé surtout parce que vous êtes bon. Je n'aurais pas voulu lier ma vie à celle d'un homme égoïste et beau, car vous savez que je m'aime trop moi-même pour accepter de n'être heureuse qu'à moitié. Je voulais tout le bonheur et j'ai vu bien vite que si je vous le demandais, vous me le donneriez.

- Mais alors, mon cœur, pourquoi ce long silence ?

- Parce que je ne me contente pas de ce qui suffit à d'autres femmes. Non seulement je veux tout le bonheur, mais je le veux pour toute ma vie. Je veux vous épouser, Mateo, pour vous aimer encore quand vous ne m'aimerez plus. Oh ! ne craignez rien : nous n'irons pas à l'église, ni devant l'alcade. Je suis bonne chrétienne, mais Dieu protège les amours sincères, et j'irai en paradis avant bien des femmes mariées. Je ne vous demanderai pas de m'épouser publiquement parce que je sais que cela ne se peut pas… Vous n'appellerez jamais doña Concepcion Perez de Diaz la femme qui a dansé nue dans l'horrible bouge où nous sommes, devant tous les Inglés qui ont passé là… »

Et elle éclata en larmes.

« Concepcion, mon enfant, disais-je bouleversé, calme-toi. Je t'aime. Je ferai ce que tu voudras.

- Non, cria-t-elle avec un sanglot. Non, je ne le veux pas ! C'est une chose impossible ! Je ne veux pas que vous souilliez votre nom par le mien. Voyez, maintenant, c'est moi qui n'accepte plus votre générosité. Mateo, nous ne serons pas mariés pour le monde, mais vous me traiterez comme votre femme et vous me jurerez de me garder toujours. Je ne vous demande pas grand-chose : seulement une petite maison à moi quelque part près de vous. Et une dot. La dot que vous donneriez à celle qui vous épouserait. En échange, moi je n'ai rien à vous donner, mon âme. Rien que mon amour éternel, avec ma virginité que je vous ai gardée contre tous. »

SCÈNE DERRIÈRE UNE GRILLE FERMÉE

Jamais elle n'avait pris ce ton, si ému et simple, pour m'adresser la parole. Je crus avoir enfin dégagé son âme véritable du masque ironique et orgueilleux qui me l'avait celée trop longtemps et une vie nouvelle s'ouvrit à ma convalescence morale.

(Connaissez-vous, au musée de Madrid une singulière toile de Goya, la première à gauche en entrant dans la salle du dernier étage ? Quatre femmes en jupe espagnole, sur une pelouse de jardin, tendent un châle par les quatre bouts, et y font sauter en riant un pantin grand comme un homme…)

Bref, nous revînmes à Séville.

Elle avait repris sa voix railleuse et son sourire particulier ; mais je ne me sentais plus inquiet. Un proverbe espagnol nous dit : « La femme, comme la chatte, est à qui la soigne. » Je la soignais si bien, et j'étais si heureux qu'elle laissât faire !

J'étais arrivé à me convaincre que son chemin vers moi n'avait jamais dévié ; qu'elle m'avait réellement abordé la première et séduit peu à peu ; que ses deux fuites étaient justifiées non pas par les misérables calculs dont j'avais eu le soupçon, mais par ma faute, ma seule faute et l'oubli de mes engagements. Je l'excusais même de sa danse indécente, en songeant qu'elle avait alors désespéré de vivre jamais son rêve avec moi, et qu'une fille vierge, à Cadix, ne peut guère gagner son pain sans prendre au moins les apparences d'une créature de plaisir.

Enfin, que vous dire ? je l'aimais.

Le jour même de notre retour, je choisis pour elle un palacio dans la calle Lucena, devant la paroisse San-Isidorio. C'est un quartier silencieux, presque désert en été, mais frais et plein d'Ombre. Je la voyais heureuse dans cette rue mauve et jaune, non loin de la calle del Candilejo, où votre Carmen reçut don José.

69

Il fallut meubler cette maison. Je voulais faire vite, mais elle avait mille caprices. Huit jours interminables passèrent au milieu des tapissiers et des emménageurs. C'était pour moi comme une semaine de noces. Concha devenait presque tendre, et si elle résistait encore, il semblait que ce fût mollement, comme pour ne pas oublier les promesses qu'elle s'était faites. Je ne la brusquai point.

Lorsque je crus devoir lui constituer d'avance sa dot de maîtresse-épouse, je me souvins de sa réserve le jour où elle m'avait demandé ce gage de constance future. Elle ne m'imposait aucun chiffre. Je craignis de répondre mal à sa discrétion et je lui remis cent mille douros qu'elle accepta d'ailleurs comme une simple piécette.

La fin de la semaine approchait. J'étais excédé d'impatience. Jamais fiancé ne souhaita plus ardemment le jour des noces. Désormais je ne redoutais plus les coquetteries des temps écoulés ; elle était à moi, j'avais lu en elle, j'avais répondu à son pur désir de vie heureuse et sans reproche. L'amour qu'elle n'avait pu me cacher pendant sa dernière nuit de danseuse allait s'exprimer librement pour de longues années tranquilles, et toute la joie m'attendait dans la blanche maison nuptiale de la calle Lucena.

Quelle devait être cette joie, c'est ce que vous allez entendre.

Par un caprice que j'avais trouvé charmant, elle avait voulu entrer la première dans sa nouvelle maison enfin prête pour nous deux, et m'y recevoir comme un hôte clandestin, toute seule, à l'heure de minuit.

J'arrive : la grille était fermée aux barres.

Je sonne : après quelques instants, Concha descend, et me sourit. Elle portait une jupe toute rose, un petit châle couleur de crème et deux grosses fleurs rouges aux cheveux. À la vive clarté de la nuit, je voyais chacun de ses traits.

Elle approcha de la grille, toujours souriante et sans hâte :

« Baisez mes mains », me dit-elle.

La grille demeurait fermée.

« À présent, baisez le bas de ma jupe, et le bout de mon pied sous la mule. »

Sa voix était comme radieuse.

Elle reprit :

« C'est bien. Maintenant, allez-vous-en. »

Une sueur d'effroi coula sur mes tempes. Il me semblait que je devinais tout ce qu'elle allait dire et faire.

« Conchita, ma fille… Tu ris… dis-moi que tu ris.

- Ah ! oui, je ris ! je vais te le dire, tiens ! s'il ne te faut que cela. Je ris ! je ris ! es-tu content ? Je ris de tout mon cœur, écoute, écoute comme je ris bien ! Ha ! ha ! je ris comme personne n'a ri depuis que le rire est sur les bouches ! Je me pâme, j'étouffe, j'éclate de rire ! on ne m'a jamais vue si gaie ; je ris comme si j'étais grise. Regarde-moi bien, Mateo, regarde comme je suis contente ! »

Elle leva ses deux bras et fit claquer ses doigts dans un geste de danse.

« Libre ! je suis libre de toi ! libre pour toute ma vie ! maîtresse de mon corps et de mon sang ! oh ! n'essaye pas d'entrer, la grille est trop solide ! Mais reste encore un peu, je ne serais pas heureuse si je ne t'avais pas dit tout ce que j'ai sur le cœur. »

Elle avança encore, et me parla de tout près, la tête entre les ongles, avec un accent de férocité.

« Mateo, j'ai l'horreur de toi. Je ne trouverai jamais assez de mots pour te dire combien je te hais. Tu serais couvert d'ulcères, d'ordure et de vermine que je n'aurais pas plus de répulsion quand ta peau approche de ma peau. Si Dieu le veut, c'est fini maintenant. Depuis quatorze mois, je me sauve d'où tu es, et toujours tu me reprends et toujours tes mains me touchent, tes bras m'étreignent, ta bouche me cherche. Qué asco ! La nuit, je crachais dans la ruelle après chacun de tes baisers. Tu ne sauras jamais ce que je sentais dans ma chair, quand tu entrais dans mon lit ! Oh ! comme je t'ai bien détesté ! comme j'ai prié Dieu contre toi ! J'ai communié sept fois depuis le dernier hiver pour que tu meures le lendemain du jour où je t'aurais ruiné. Qu'il en soit comme Dieu voudra ! je ne m'en soucie plus, je suis libre ! Va-t'en Mateo. J'ai tout dit. »

Je restais immobile comme une pierre.

Elle me répéta :

« Va-t'en ! Tu n'as pas compris ? »

Puis comme je ne pouvais ni parler ni partir, la langue sèche et les jambes glacées, elle se rejeta vers l'escalier, et une sorte de furie flamba dans ses yeux.

« Tu ne veux pas t'en aller ? cria-t-elle Tu ne veux pas t'en aller ? Eh bien ! tu vas voir ! »

Et, dans un appel de triomphe, elle cria :

« Morenito ! »

Mes deux bras tremblaient si fort que je secouais les barres de la grille où s'étaient crispés mes poings.

Il était là. Je le vis descendre.

Elle jeta son châle en arrière et ouvrit ses deux bras nus.

« Le voilà, mon amant ! Regarde comme il est joli ! Et comme il est jeune, Mateo ! Regarde-moi bien : je l'adore ! ... Mon petit cœur, donne-moi ta bouche ! ... Encore une fois... Encore une fois... Plus longtemps... Qu'elle est douce, ma vie ! ... Oh ! que je me sens amoureuse ! ... »

Elle lui disait encore beaucoup d'autres choses...

Enfin... comme si elle jugeait que ma torture n'était pas au comble... elle... j'ose à peine vous le dire, Monsieur... elle s'est unie à lui... là... sous mes yeux... à mes pieds...

J'ai encore dans les oreilles, comme un bourdonnement d'agonie, les râles de joie qui firent trembler sa bouche pendant que la mienne étouffait, - et aussi l'accent de sa voix, quand elle me jeta cette dernière phrase en remontant avec son amant :

« La guitare est à moi, j'en joue à qui me plaît ! »

COMMENT MATEO REÇUT UNE VISITE, ET CE QUI S'ENSUIVIT

Si je ne me suis pas tué en rentrant chez moi, c'est sans doute parce qu'au-dessus de mon existence déchirée une colère plus énergique me soutint et me conseilla.

Incapable de dormir, je ne me couchai même point. Le jour me trouva debout et marchant, dans la pièce où nous sommes, des fenêtres à la porte. En passant devant une glace, je vis sans étonnement que j'étais devenu gris.

Au matin, on me servit un premier déjeuner quelconque sur une table du jardin. J'étais là depuis dix minutes, sans faim, sans souffrance, sans pensée, quand je vis venir à moi du fond d'une allée, presque du fond d'un rêve, Concha.

Oh ! ne soyez pas surpris. Rien n'est imprévu quand on parle d'elle. Chacune de ses actions est toujours, à coup sûr, stupéfiante et scélérate. Tandis qu'elle approchait de moi, Je me demandais anxieusement quelle convoitise la poussait, du désir de contempler une fois encore son triomphe, ou du sentiment qu'elle pourrait peut-être, par une manœuvre aventureuse, achever à son profit ma ruine matérielle. L'une et l'autre explications étaient également vraisemblables.

Elle se pencha de côté pour passer sous une branche, ferma son ombrelle et son éventail, puis s'assit en face de moi, la main droite posée sur ma table.

Je me souviens qu'il y avait derrière elle un massif et qu'une bêche luisante et mince y était plantée dans la terre. Pendant le long silence qui suivit, une tentation m'obséda de prendre cette bêche à la main, de jeter la femme sur le gazon, et de la trancher en deux, là, comme un ver rouge…

« J'étais venue, me dit-elle enfin, savoir comment tu étais mort. Je croyais que tu m'aimais davantage et que tu te serais tué dans la nuit. »

Puis elle versa le chocolat dans ma tasse vide et y trempa ses lèvres mobiles en ajoutant comme pour elle-même :

« Pas assez cuit. C'est bien mauvais. »

Quand elle eut achevé, elle se leva. ouvrit son ombrelle, et me dit :

« Rentrons. Je te réserve une surprise. »

Et je pensai :

« Moi aussi. »

Mais je n'ouvris pas la bouche.

Nous montâmes l'escalier de la véranda. Elle courait en avant et chantait un air de zarzuela connue avec une lenteur qui voulait sans doute m'en faire mieux sentir l'allusion :

« ¿ Y si à mi no me diese la gana
De qué fuéras del brazo con él ?
- Pués iria con él de verbena
Y à los toros de Carabanchel ! »

De son propre mouvement elle entra dans une pièce… Monsieur, ce n'est pas moi qui l'ai poussée là… ce qui est arrivé ensuite, ce n'est pas moi qui l'ai voulu… Notre destinée était ainsi faite… Il fallait que tout arrivât.

La pièce où elle entra, je vous la montrerai tout à l'heure, c'est une petite salle toute tendue de tapis, sourde et sombre comme une tombe, sans autres meubles que des divans. J'y allais fumer autrefois. Maintenant, elle est abandonnée.

J'y pénétrai derrière elle ; je fermai la porte à clef sans qu'elle entendît la serrure ; puis un flux de sang me monta aux yeux, une colère amassée à jour depuis plus de quatorze mois, et, me retournant vers sa face, je l'assommai d'un soufflet.

C'était la première fois que je frappais une femme. J'en restais aussi tremblant qu'elle, qui s'était rejetée en arrière, l'air hébété, claquant des dents.

« Toi… toi… Mateo… tu me fais cela… »

Et au milieu d'injures violentes, elle cria :

« Sois tranquille ! tu ne me toucheras pas deux fois ! »

Elle fouillait dans sa jarretière où tant de femmes cachent une petite arme, quand je lui broyai la main et jetai le couteau sur un dais qui touchait presque au plafond.

Puis je la fis tomber à genoux en tenant ses deux poignets dans ma seule main gauche.

« Concha. lui dis-je, tu n'entendras de moi ni insultes, ni reproches. Écoute bien : tu m'as fait souffrir au-delà de toute force humaine. Tu as inventé des tortures morales pour les essayer sur le seul homme qui t'ait passionnément aimée. Je te déclare ici que je vais te posséder par la force, et non pas une fois, m'entends-tu ? mais autant de fois qu'il me plaira de te saisir avant la nuit.

- Jamais ! jamais je ne serai à toi ! cria-telle. Tu me fais horreur : je te l'ai dit. Je te hais comme la mort ! Je te hais plus qu'elle ! Assassine-moi donc ! tu ne m'auras pas avant ! »

C'est alors que je commençai à la frapper en silence… J'étais vraiment devenu fou… je ne sais plus bien ce qui s'est passé… mes yeux voyaient mal… ma tête ne pensait plus… Je me souviens seulement que je la frappais avec la régularité d'un paysan qui bat au fléau, - et toujours sur les mêmes points : le sommet de la tête et l'épaule gauche… Je n'ai jamais entendu d'aussi horribles cris…

Cela dura peut-être un quart d'heure. Elle n'avait pas dit une parole, ni pour demander grâce, ni pour s'abandonner. Je m'arrêtai quand mon poing fut devenu trop douloureux, puis je lui lâchai les deux mains.

Elle se laissa tomber de côté, les bras étendus devant elle, la tête en arrière, les cheveux défaits, et ses cris se transformèrent brusquement en sanglots. Elle pleurait comme une petite fille, toujours du même ton, aussi longtemps qu'elle pouvait sans reprendre haleine. Par moments, je croyais qu'elle étouffait. Je vois encore le mouvement qu'elle faisait sans cesse avec son épaule meurtrie, et ses mains dans ses cheveux retirer les épingles…

Alors j'eus tellement pitié d'elle et honte de moi, que j'oubliai presque, pour un temps, la scène atroce de la veille…

Concha s'était relevée un peu : elle se tenait encore à genoux, les mains près des joues, les yeux levés à moi… Il semblait qu'il n'y avait plus l'ombre d'un reproche dans ces yeux-là, mais… je ne sais comment m'exprimer… une sorte d'adoration… D'abord ses lèvres tremblaient si fort qu'elle ne pouvait pas articuler… Puis je distinguai faiblement : « Oh ! Mateo ! comme tu m'aimes ! »

Elle se rapprocha, toujours sur les genoux, et murmura :

« Pardon, Mateo ! Pardon ! je t'aime aussi… »

Pour la première fois, elle était sincère. Mais moi, je ne la croyais plus. Elle poursuivit :

« Que tu m'as bien battue, mon cœur ! Que c'était doux ! Que c'était bon… Pardon pour tout ce que je t'ai fait ! J'étais folle… Je ne savais pas… Tu as donc bien souffert pour moi ? … Pardon ! Pardon ! Pardon, Mateo ! »

Et elle me dit encore, de la même voix douce :

« Tu ne me prendras pas de force. Je t'attends dans mes bras. Aide-moi à me lever. Je t'ai dit que je te réservais une surprise ? Eh bien, tu le verras tout à l'heure, tu le verras : je suis toujours vierge. La scène d'hier n'était qu'une comédie, pour te faire mal… car je puis te le dire, maintenant : je ne t'aimais guère, jusqu'aujourd'hui. Mais j'étais bien trop orgueilleuse pour prendre un Morenito… Je suis à toi, Mateo. Je serai ta femme ce matin si Dieu veut. Essaye d'oublier le passé et de comprendre ma pauvre petite âme. Moi, je m'y perds. Je crois que je m'éveille. Je te vois comme je ne t'ai jamais vu. Viens à moi. »

Et en effet, Monsieur, elle était vierge…

OÙ CONCHA CHANGE DE VIE, MAIS NON DE CARACTÈRE

Ceci ferait une fin de roman, et tout serait bien qui finirait par une telle conclusion ! Hélas ! que ne puis-je m'arrêter là ! Vous le saurez peut- être un jour : jamais un malheur ne s'efface au cours d'une existence humaine ; jamais une plaie n'est guérie ; jamais la main féminine qui sema l'angoisse et les larmes ne saura cultiver la joie dans le même champ déchiré.

Huit jours après ce matin-là (je dis huit jours ; cela n'a pas été long), Concha rentra, un dimanche soir, quelques minutes avant le dîner, en me disant :

« Devine qui j'ai vu ? Quelqu'un que j'aime bien… Cherche un peu… J'ai été contente. »

Je me taisais.

« J'ai vu le Morenito, reprit-elle. Il passait dans Las Sierpes, devant le magasin Gasquet. Nous sommes allés ensemble à la Cerveceria. Tu sais, je t'ai dit du mal de lui ; mais je n'ai pas dit tout ce que je pense. Il est joli, mon petit ami de Cadix. Voyons, tu l'as vu, tu le sais bien. Il a des yeux brillants avec de longs cils ; moi j'adore les longs cils, cela fait le regard si profond ! Et puis, il n'a pas de moustaches, sa bouche est bien faite, ses dents blanches… Toutes les femmes se passent la langue sur les lèvres quand elles le voient si gentil.

- Tu plaisantes, Conchita… ce n'est pas possible… Tu n'as vu personne, dis-le-moi ?

- Ah ! tu ne me crois pas ? Comme il te plaira. Alors je ne te dirai jamais ce qui s'est passé ensuite.

- Dis-le-moi immédiatement ! m'écriai-je en lui saisissant le bras.

- Oh ! ne t'emporte pas ! je vais te le dire ! Pourquoi me cacherais-je ? C'est mon plaisir, je le prends. Nous sommes allés ensemble en dehors de la ville, por un caminito muy clarito, muy clarito, muy clarito à la Cruz del Campo. Faut-il continuer ? Nous avons visité toute la maison pour choisir le cabinet où nous aurions le meilleur divan... »

Et comme je me dressais, elle acheva, derrière ses deux mains protectrices : « Va, c'est bien naturel. Il a la peau si douce, et il est tellement plus joli que toi ! »

Que voulez-vous ? je la frappai encore. Et brutalement, d'une main dure, de façon à me révolter moi-même. Elle cria, elle sanglota, elle se prosterna dans un coin, la tête sur les genoux, les mains tordues.

Et puis, dès qu'elle put parler, elle me dit, la voix pleine de larmes : « Mon cœur, ce n'était pas vrai... Je suis allée aux totos... j'y ai passé la journée... mon billet est dans ma poche... prends-le... J'étais seule avec ton ami G... et sa femme. Ils m'ont parlé, ils pourront te le dire... J'ai vu tuer les six taureaux, et je n'ai pas quitté ma place et je suis revenue directement.

- Mais alors, pourquoi m'as-tu dit... ?
- Pour que tu me battes, Mateo. Quand je sens ta force, je t'aime, je t'aime ; tu ne peux pas savoir comme je suis heureuse de pleurer à cause de toi. Viens, maintenant. Guéris-moi bien vite. »

Et il en fut ainsi, Monsieur, jusqu'à la fin. Quand elle se fut convaincue que ses fausses confessions ne m'abusaient plus, et que j'avais toutes les raisons de croire à sa fidélité, elle inventa de nouveaux prétextes pour exciter en moi des colères quotidiennes. Et le soir, dans la circonstance où toutes les femmes répètent : « Tu m'aimeras longtemps », j'entendais, moi, ces phrases stupéfiantes (mais réelles : je n'invente rien) : « Mateo, tu me battras encore ? Promets-le-moi : tu me battras bien ! Tu me tueras ! Dis-moi que tu me tueras ! »

Ne croyez pas, cependant, que cette singulière prédilection fût la base de son caractère : non ; si elle avait le besoin du châtiment, elle avait aussi la passion de la faute. Elle faisait mal, non pour le plaisir de pécher, mais pour la joie de faire mal à quelqu'un. Son rôle dans la vie se bornait là : semer la souffrance et la regarder croître.

Ce furent d'abord des jalousies dont vous ne pouvez avoir idée. Sur mes amis et sur toutes les personnes qui composaient mon entourage, elle répandit des bruits tels, et au besoin se montra directement si insultante que je rompis avec tous et restai seul bientôt. L'aspect d'une femme, quelle qu'elle fût, suffisait à la mettre en fureur. Elle renvoya toutes mes domestiques, depuis la fille de basse-cour jusqu'à la cuisinière, quoiqu'elle sût parfaitement que je ne leur parlais même pas. Puis elle chassa de la même façon celles qu'elle avait choisies elle-même. Je fus contraint de changer tous mes fournisseurs, parce que la femme du coiffeur était blonde, parce que la fille du libraire était brune, et parce que la marchande de cigares me demandait de mes nouvelles quand j'entrais dans sa boutique. Je renonçai en peu de temps à me montrer au théâtre : en effet, si je regardais la salle, c'était pour me repaître de la beauté d'une femme, et si je regardais la scène, c'était une preuve décisive que je devenais amoureux d'une actrice. Pour les mêmes raisons, je cessai de me promener avec elle en public : le moindre salut devenait à ses yeux une sorte de déclaration. Je ne pouvais ni feuilleter des gravures, ni lire un roman, ni regarder une Vierge, sous peine d'être accusé de tendresse à l'égard du modèle, de l'héroïne ou de la Madone. Je cédais toujours, je l'aimais tant ! Mais après quelles luttes fastidieuses !

En même temps que sa jalousie s'exerçait ainsi contre moi, elle tentait d'entretenir la mienne, par des moyens qui, de factices qu'ils étaient en premier lieu, devinrent plus tard véritables.

Elle me trompa. Au soin qu'elle prenait de m'en avertir chaque fois, je reconnus qu'elle cherchait moins sa propre émotion que la mienne ; mais enfin, même moralement, ce n'était guère une excuse valable, et en tout cas, lorsqu'elle revenait de ces aventures particulières, je n'étais pas en état de faire leur apologie, vous le comprendrez sans peine.

Bientôt, il ne lui suffit plus de me rapporter les preuves de ses infidélités. Elle voulut renouveler la scène de la grille, et cette fois sans aucune feinte. Oui ! Elle machina, contre elle-même, une surprise en flagrant délit !

Ce fut un matin. Je m'éveillai tard : je ne la vis pas à mon côté. Une lettre était sur la table et me disait en quelques lignes :

« Mateo qui ne m'aimes plus ! Je me suis levée pendant ton sommeil et j'ai été retrouver mon amant, hôtel X…, chambre 6 : tu peux me tuer là si tu veux, la serrure restera ouverte. Je prolongerai ma nuit d'amour jusqu'à la fin de la matinée. Viens donc ! j'aurai peut-être la chance que tu me voies pendant une étreinte.

Je t'adore.

CONCHA. »

J'y allai. Quelle heure que celle-là, mon Dieu ! Un duel suivit. Ce fut un scandale public. On a pu vous en parler…

Et, quand je pense que tout ceci était fait « pour m'attacher » ! Jusqu'où l'imagination des femmes peut-elle les aveugler sur l'amour viril !

Ce que je vis dans cette chambre d'hôtel survécut désormais comme un voile entre Concha et moi. Au lieu de fouetter mon désir, comme elle l'avait espéré, ce souvenir se trouva répandre sur tout son corps quelque chose d'odieux et d'ineffaçable dont elle resta imprégnée. Je la repris pourtant ; mais mon amour pour elle était à jamais blessé. Nos querelles devinrent plus fréquentes, plus âpres, plus brutales aussi. Elle s'accrochait à ma vie avec une sorte de fureur. C'était pur égoïsme et passion personnelle. Son âme foncièrement mauvaise ne soupçonnait même pas qu'on pût aimer autrement. À tout prix, par tous les moyens, elle me voulait enfermé dans la ceinture de ses bras. - Je m'échappai enfin.

Cela se fit un jour, tout à coup, après une scène entre mille, simplement parce que c'était inévitable.

Une petite gitane, marchande de corbeilles, avait monté l'escalier du jardin pour m'offrir ses pauvres ouvrages de joncs tressés et de feuilles de roseaux. J'allais lui faire une charité, quand je vis Concha s'élancer vers elle et lui dire avec cent injures qu'elle était déjà venue le mois précédent, qu'elle prétendait sans doute m'offrir bien autre chose que ses corbeilles, ajoutant qu'on voyait bien à ses yeux son véritable métier, que si elle marchait pieds nus c'était pour montrer ses jambes, et qu'il fallait être sans pudeur pour aller ainsi de porte en porte avec un jupon déchiré à la chasse aux amoureux. Tout cela, semé d'outrages que je ne vous répète pas, et dit de la voix la plus rogue. Puis elle lui arracha toute sa marchandise, la brisa, la piétina… Je vous laisse à deviner les sanglots et les tremblements de la malheureuse petite. Naturellement je la dédommageai. D'où bataille.

La scène de ce jour-là ne fut ni plus violente ni plus fastidieuse que les autres ; pourtant elle fut définitive : je ne sais pas encore pourquoi. « Tu me quittes pour une bohémienne ! - Mais non. Je te quitte pour la paix. »

Trois jours après, j'étais à Tanger. Elle me rejoignit. Je partis en caravane dans l'intérieur, où elle ne pouvait me suivre, et je restai plusieurs mois sans nouvelles d'Espagne.

Quand je revis Tanger, quatorze lettres d'elle m'attendaient à la poste. Je pris un paquebot qui me conduisit en Italie. Huit autres lettres me parvinrent encore. Puis ce fut le silence.

Je ne rentrai à Séville qu'après un an de voyages. Elle était mariée depuis quinze jours à un jeune fou, d'ailleurs bien né, qu'elle a fait envoyer en Bolivie avec une hâte significative. Dans sa dernière lettre, elle me disait : « Je serai à toi seul, ou alors à qui voudra. » J'imagine qu'elle est en train de tenir sa seconde promesse.

J'ai tout dit, Monsieur. Vous connaissez maintenant Concepcion Perez.

Pour moi, j'ai eu la vie brisée pour l'avoir trouvée sur ma route. Je n'attends plus rien d'elle, que l'oubli ; mais une expérience si durement acquise peut et doit se transmettre en cas de danger. Ne soyez pas surpris si j'ai tenu à cœur de vous parler ainsi. Le carnaval est mort hier ; la vie réelle recommence ; j'ai soulevé un instant pour vous le masque d'une femme inconnue.

« Je vous remercie », dit gravement André, en lui serrant les deux mains.

QUI EST L'ÉPILOGUE ET AUSSI LA MORALITÉ DE CETTE HISTOIRE

André revint à pied vers la ville. Il était sept heures du soir. La métamorphose de la terre s'achevait insensiblement par un clair de lune enchanté.

Pour ne pas revenir par le même chemin - ou pour toute autre raison, - il prit la route d'Empalme après un long détour à travers la campagne.

Le vent du sud l'enivrait d'une chaleur intarissable qui, à cette heure déjà nocturne, était encore plus voluptueuse.

Et comme il s'arrêtait, les yeux presque fermés, pour jouir de cette sensation nouvelle avec frisson, une voiture le croisa, et s'arrêta brusquement.

Il s'avança ; on lui parlait.

« Je suis un peu en retard, murmurait une voix. Mais vous êtes gentil, vous m'avez attendue. Bel inconnu qui m'attirez, devrais-je me confier à vous sur cette route déserte et sombre ? Ah ! Seigneur ! vous le voyez bien : je n'ai guère envie de mourir, ce soir ! »

André jeta sur elle un regard qui voyait toute une destinée ; puis, devenu soudain très pâle, il prit la place vide auprès d'elle.

La voiture roula en pleine campagne jusqu'à une petite maison verte à l'ombre de trois oliviers. On détela les chevaux. Ils dormirent. Le lendemain, vers trois heures, ils reprirent le harnais. La voiture repartit pour Séville et s'arrêta, 22, plaza del Triunfo.

Concha en descendit la première. André suivait. Ils entrèrent ensemble.

« Rosalie ! dit-elle à une femme de chambre. Fais mes malles, vite ! Je vais à Paris.

- Madame, il est venu ce matin un monsieur qui a demandé Madame, et qui a beaucoup insisté pour entrer. Je ne le connais pas, mais il dit que Madame le connaît depuis longtemps et qu'il serait bien heureux si Madame daignait le recevoir.

- A-t-il laissé une carte ?

- Non, Madame. »

Mais en même temps, un domestique se présentait, portant une lettre, et André sut plus tard que la lettre était celle-ci :

« Ma Conchita, je te pardonne. Je ne puis vivre où tu n'es pas. Reviens. C'est moi, maintenant, qui t'en supplie à genoux.

Je baise tes pieds nus. »

« MATEO. »

Séville, 1896

Naples, 1898.

Printed in Great Britain
by Amazon.co.uk, Ltd.,
Marston Gate.